W0314653

Les Barons

Septembre 2010

Rue de l'Ouvrage, 18
B-5000 Namur
www.mijade.be

Le roman du film *Les Barons*
www.lesbarons-lefilm.com
produit par Entre Chien et Loup, 2009
www.entrechienetloup.be

Couverture : © Entre Chien et Loup
Mise au net : Annick Masson

D/2010/3712/47
ISBN 978-2-87423-064-6

Imprimé en Belgique

Nabil Ben Yadir
Laurent Brandenbourger

Les Barons

Roman

Mijade

1

Qu'est-ce que je fous là, couché sur les rails du métro ? Et c'est quoi le problème avec ma jambe gauche ? Elle forme un angle droit, on dirait une équerre ! C'est pas une position normale pour une jambe ça… J'essaie de la bouger et la douleur me coupe le souffle. Il y a des milliers d'aiguilles plantées dans mon genou et au moindre mouvement, c'est une marée de verre brisé qui remonte jusqu'à la gorge. J'ai envie de vomir. Je sens partout le battement de mon cœur : dans mon genou, dans ma tête, dans ma gorge, au bout des doigts… En effleurant mon visage, je suis effrayé, je ne me reconnais plus ! C'est pas possible ! C'est quoi ce menton, c'est quoi ces pommettes ?! Soit j'ai pris trente kilos (mais on ne grossit pas des os !), soit je me suis transformé en un des frères Bogdanoff… Le moins beau. Vu que j'ai plein de sang coagulé dans les narines, je respire mal par la bouche. Ma lèvre inférieure a quadruplé de volume… Tu sais, comme les Indiens qui se mettent des assiettes sur les lèvres, pour manger plus facilement, je crois. Ou d'après Aziz c'est pour éviter d'acheter des couverts. Très compliqué de trouver des fourchettes en Amazonie ! Putain ! C'est le moment de me prendre en photo. Je dois ressembler à rien ! J'imagine ma vie future : un Bogdanoff légume, assis la gueule ouverte dans une chaise roulante avec une infirmière à côté qui chasse les mouches pour pas qu'elles rentrent dans ma bouche… Mais bon, si je pense à ce genre de connerie, c'est que je suis pas encore mort ! Parce que quand t'es sur le point de mourir tu penses efficace, tu fais le bilan de ta vie passée. Tu commences pas à parler de fourchettes, d'assiettes en Amazonie, non ! Je respire un peu plus tranquillement. Enfin, tranquillement, c'est une façon de parler. Il n'y a personne dans la station. Au loin, j'entends les crissements des roues ; quelque part dans les galeries sombres, des motrices avec leurs wagons circulent sous terre… Et vu que j'ai l'oreille collée sur le rail, je me dis que je vais enfin vérifier si les Indiens se foutaient pas de notre gueule. Et là, je deviens tout blanc : j'entends un wagon qui gagne de la vitesse, qui fonce droit sur moi, je veux pas mourir, je préfère encore passer le reste de ma vie dans une chaise roulante comme l'autre à avaler les mouches, s'il le faut ! J'essaie de crier « Au secours ! », tu sais comme dans les films. Rien. J'essaie autre chose : « Helpen ! Helpen ! »[1] Toujours rien. La rame s'éloigne au fond d'un tunnel voisin, indifférente à ma souffrance et à mon talent, je vais mourir sans être reconnu. Cette idée me déprime complètement. Je gémis. J'essaie de me relever et je hurle de douleur. Aaaaaaaaaah ! Huit craquements d'os, où, je sais pas, mais huit craquements d'os !

Qu'est-ce qui s'est passé ?

J'essaie de rassembler les morceaux dans ma boîte crânienne concassée : les barons, Malika, Mounir, la

1. Au secours ! Au secours !, en néerlandais très approximatif !

bagarre, *« ... deux euros le ticket madame »*, *« Pour la correspondance, changez à Pétillon... »*. Ah, putain, qu'est-ce que ça fait mal ! Je ne parviens pas à réfléchir. Toutes mes pensées arrivent dans le désordre, je ne contrôle plus rien ! Déjà que je bave, v'là maintenant que je deviens incontinent du cerveau ! J'ai la chanson de mon père qui se colle à mon cervelet : *« Capri, c'est fini, et dire que c'était... »*

Oh ! Stop ! C'est quoi ce délire ?! C'est moi qui suis fini si je reste là à chanter cette connerie dans ma tête. J'imagine les barons à mon enterrement reprenant en play-back, genre les compagnons de la chanson, les paroles d'Hervé Vilard en croyant me faire plaisir ! Ridicule ! Déjà, juste pour ça, j'ai pas envie de mourir. Le monde conspire contre moi. J'ai l'impression que même la musiquette du métro se fout de ma gueule ! Surtout ce saxophone pourri ! Je comprends pourquoi on passe cette musique sous terre. Il y a des suicides à cause de ça ! Cette musique en surface, tu passes au Tribunal Pénal International pour crime artistique contre l'humanité ! Quand je pense qu'il y a des gens qui sont spécialisés dans la musique de métro !

Un peu de respect, j'suis un baron, merde !...

J'suis un baron !...

JE SUIS UN BARON !... Pffff...

Les barons, l'histoire d'une blague trop longue et qui ne me fait plus rire... Et pourtant, au milieu de ce désastre, entre les ecchymoses et le sang coagulé, je commence à sourire. Dans mon cerveau en compote j'écris le début d'un sketch : *« c'est l'histoire d'un mec qui a refusé le système, qui a voulu dérailler le train-train... et devinez où il finit ?... Sur les rails... »* Première vanne pourrie après 2 minutes, vous inquiétez pas j'en ai encore plein le cervelet...

Je me marre bêtement, puis je m'arrête net. Putain, je viens de résumer ma vie !

J'essaie autre chose *« Ma vie est une blague. Et le plus important dans la blague, c'est la chute ! Où ? Sur les rails... »* deuxième vanne pourrie, bon je vais arrêter de les compter. J'écarte mentalement cette vanne de mon spectacle imaginaire histoire de garder quelques ovations du public déchaîné…

L'énorme avantage d'un public imaginaire, c'est que tu le fais rire où tu veux ; tu te sens très vite très très bon. C'est comme dans les sitcoms américains, t'entends des rires, tu comprends pas pourquoi ils rient, mais tu ris avec eux. Comme un légume ! Si je m'en sors, je me jure de monter sur scène ! C'est pas possible autrement ! Faut que j'm'accroche ! Une sirène d'ambulance s'approche de l'entrée du métro. Qui l'a appelée ?

Des infirmiers débarquent, me placent sur une civière aussi délicatement qu'une momie ultra millénaire tout juste sortie de son sarcophage. L'un d'eux me montre trois doigts et me demande combien j'en vois.

Je le prends assez mal et le traite de sale rascard ! C'est pas parce j'ai une tête d'arabe que je sais pas compter, merde ! Il me censure en me plaquant un masque à oxygène sur la tronche ! Et la liberté d'expression ?! *Kchhhh, Mayday-Mayday earth Kouuuuchhh reception problem over Kchhh moon apollo 13, Kchhhhh, Kouuuuchh...* Lorsqu'il retire le masque, je prends la voix de Dark Vador et menace le docteur Folamour en blouse blanche avec ma force obscure. L'autre infirmier m'écarte la paupière droite et m'aveugle avec une forte lumière.

– Vous la voyez ?

– Ben oui, espèce de nain, j'l'ai tellement bien vue que maintenant j'vois plus rien !

J'inspire profondément dans le masque. Putain, il n'y a pas que de l'oxygène dans leur bonbonne ! La tête me tourne. Les infirmiers cherchent mes papiers d'identité !

Kchhhh, listen you bastard de sky walker Kouuuuuchhh give me back my portefeuille over Kchhh, mother fucker de ta mère over Kchhhhh, Kouuuuuchh...

Ils me retirent le masque ! Je leur demande de me le remettre ! C'est pas de l'oxygène normal ça, c'est de l'oxygène venu de Jamaïque ! J'ai l'impression d'être Armstrong et de faire des bonds stupides de ballerine au ralenti ! Les Martiens me rattrapent, je crois qu'ils vont me dévorer, mais ils m'offrent des fleurs qu'on mange ensemble…

J'aime bien ce masque.

J'aime BEAUCOUP ce masque…

Kchhhh, over, Capri, it's over, kouuuuchhh Capri, it's over, Kchhhh, Kuchhh... Mmmmmh...

Je suis le premier musulman sur la lune ! Je commence à les trouver sympathiques ces fans en costume blanc, mais je leur demande de pas prendre de photos, merci c'est gentil, je ne pose pas en dessous de 15 millions de pixels ! Bon prince, je prends le thermomètre dans la poche du brancardier pour lui signer un autographe. Bizarrement il veut me le reprendre, je refuse parce que donner c'est donner et reprendre c'est voler. Il me l'arrache comme un malpropre ! Les portes de l'ambulance se referment. Je traverse la ville à toute vitesse, sirène hurlante. Une vraie star. J'ai déjà mon premier cortège, mon pote ! À travers la vitre, je salue la foule rassemblée sur les trottoirs. Je les remercie de leur fidélité ! Le fan en blanc me demande comment c'est arrivé.

J'essaie de me concentrer. Les barons, Malika, Mounir, le public en délire, 2 euros, l'Amazonie… Stop ! Les barons, c'est ça. Pour bien comprendre cette histoire, il faut d'abord comprendre les barons, leur philosophie, leur manière de vivre. Parce que c'est là que tout commence.

Au fait, je m'appelle Hassan. Toujours bon à savoir.

2

La philosophie des barons, c'est un truc qu'on s'était inventé depuis qu'on était gamins, un mode de vie qui légitimait notre glande…

Je vous explique : pour les barons, tout homme est envoyé sur terre avec un nombre bien précis de pas, différent pour chacun. Après avoir dépassé ce nombre, tu meurs. Les accidents, les maladies, les suicides, tout ça c'est l'aboutissement : tu viens de vider ton crédit de pas. C'est pour ça que les vieux, ils sont en maison de retraite, ils tricotent, restent assis et dorment. Parce qu'ils savent qu'ils sont au bout du compte et que dans deux-trois pas, c'est terminé. C'est également pour ça que les athlètes, ils meurent jeunes ; c'est pas pour une question de dopage, non, c'est parce qu'ils s'entraînent, ils n'arrêtent pas de courir, les cons ! Et puis, il y a les acharnés, comme les danseurs de claquettes. T'as beau les prévenir, ils comprennent pas ! Ce que personne ne sait, c'est que chacun a son propre compteur et que chaque pas compte. Et nous, les barons, on le sait dès le départ.

En pratique, une journée type dans la vie d'un baron, ça ressemble à ça : six pieds qui pendent sans toucher le sol au-dessus du trottoir. Mes pieds, ceux de Mounir et ceux d'Aziz… Non, non. C'est pas comme ça : les pieds de Mounir, mes pieds, puis les pieds d'Aziz. On a toujours les mêmes places.

Mounir c'est le plus âgé, le gardien de la philosophie. Pour lui, les barons, c'est quelque chose de sérieux. Toute sa vie est basée autour de ça. Allez pas lui dire « C'est une blague », sinon vous risqueriez de perdre des dents. Intérieurement, c'est le plus fragile, il a besoin d'être entouré, qu'on soit là en permanence. L'amitié, c'est une chose sacrée. Et physiquement, c'est le plus solide.

Aziz, vingt kilos en moins que Mounir. Le plus jeune. Il porte toujours des vestes beaucoup plus larges parce qu'il garde l'espoir d'avoir un jour la carrure de Mounir. Je comprends pas, il arrête pas de manger, mais il prend pas un gramme. C'est lui l'inventeur de la vanne pourrie. Plus elle est pourrie, plus elle est drôle, plus elle nous fait passer le temps. Il relativise tout. C'est le doux de la bande. Toujours avec un sourire.

Quand j'y pense, c'est un truc de dingue. On a tous largement dépassé la vingtaine et on est là, comme tous les jours depuis une éternité, affalés sur l'étalage de Lucien.

On médite sur le grand rien en fixant le ciel d'un regard vide. On est là depuis tellement longtemps que le métal de l'armature a fondu et a pris la forme de nos fesses. Soudain, sans prévenir, un évènement exceptionnel se produit au milieu de cette interminable après-midi silencieuse et sans fin : une voiture klaxonne. Enfin, quelque chose se passe ! C'est Mounir le plus rapide sur la balle. Sans bouger le moindre sourcil, il demande « C'est quoi ? » Toujours au taquet, malgré son apparence de lémurien au soleil, Aziz reprend la balle au bond et réplique « C'est un klaxon. » J'apprécie la répartie. Mounir esquive la vanne, amortit et renvoie : « Ça je sais, mais c'est qui ? » Et c'est là que, embusqué, je reprends de volée et marque :

« Une Peugeot ». D'un coin de l'œil, je vois Aziz se marrer. De l'autre côté, Mounir s'énerve vaguement « Vas-y, laisse tomber ! » Et de fait, on laisse tomber, on laisse tout tomber, et on repart en état de cétose… On digère l'évènement le plus important de notre journée, une voiture qui passe et qui klaxonne. Un coup. Un truc comme ça, on peut se ronger les méninges une semaine dessus. On est des grands fauves en quelque sorte.

On est des barons.

Dans le ciel, le soleil, qui est plutôt du genre taquin à Bruxelles (ou alors il est au chômage depuis trop longtemps et est menacé de perdre ses allocs), se planque derrière un nuage. Tout de suite, la température tombe de 8 degrés, ce qui contrarie Aziz qui me demande l'heure. J'ai pas le courage de lui répondre alors il se tourne vers Mounir. D'un lent mouvement de la main, Mounir actionne l'horloge parlante de sa montre pour aveugle. Au troisième top, il sera 15 heures 37 minutes et 40 secondes. bip – bip – bip. Une montre pour aveugle ! Le signe absolu de la baronnie : le mec tellement fainéant qu'il avait besoin d'une montre d'aveugle pour lui donner l'heure !

Tout petit, Mounir était déjà baron.

À l'école, c'était lui le mec le plus respecté, c'était le parrain. On dit généralement que l'école est le reflet de la société. Ça se discute ! À l'école, plus tu étais nul, plus les gens te respectaient. Et Mounir il avait pigé ça, il surfait sur la vague. Il avait que des notes catastrophiques ! Tellement catastrophiques, qu'il avait réussi à faire 9 fautes sur un mot de 6 lettres ! Là, il venait de toucher à l'art abstrait et sa cote de popularité ainsi que son coefficient de respect avaient grimpé en flèche. Je regarde Mounir et Aziz toujours allongés sur les cageots, à côté de moi, les yeux fermés. Dans ma tête, je travaille mes souvenirs.

Le bulletin de Mounir devient tellement exceptionnel que même Handicap International en a entendu parler, pile-poil au moment de leur campagne contre l'analphabétisme ! Ils achètent plusieurs copies des devoirs de Mounir pour l'affiche (un différent pour chaque continent) avec comme slogan : POUR QUE ÇA NE SE REPRODUISE PLUS ! Mounir, le vrai baron, le mec qui touche des droits d'auteur à 9 ans grâce à ses bulletins ! Ses devoirs ont même fait l'objet d'une expo au musée d'art moderne de New-York !

J'me marre doucement, cherchant un bic dans ma poche. Faut que j'note la vanne de l'expo à New-York.

Lucien, le vieux gardien de notre QG sort de son magasin et place un cageot de légumes juste derrière nous, sur l'étalage.

– Mollo, les gars ! Vous allez vous froisser un muscle !

Un être exceptionnel, ce Lucien. Tous les autres gaulois ont fui le quartier, lui seul est resté. On l'aime bien dans le quartier. C'est lui qui remplit la fiche d'impôt de nos parents. On a grandi avec lui. Il lâche rarement un sourire, mais c'est pas un méchant, c'est juste un grincheux qui quitte jamais son bleu de travail. Je suis même convaincu qu'il se lave avec. Si si, j'vous assure ! Vous avez déjà reniflé un bleu de travail qui sent le shampoing au baobab ? Ben, celui de Lucien, oui.

– L'ambition vous connaissez ? nous demande Lucien.

Aziz se redresse un peu et le regarde en souriant.

– Mais, Lucien, on EST les barons ! On EST l'ambition ! Dans ta langue : we moeten de ambitie ![2] T'as déjà vu l'ambition en 3D ?! Ben on est là !

Mounir prend appui sur un coude.

– Regarde-nous : on se réveille quand on veut, on dort quand on veut, on mange ce qu'on veut, par pitié, qu'on ne nous demande pas d'avoir un peu plus d'ambition, qu'on nous demande plutôt d'en avoir moins ! Il y a des mecs qui travaillent trente ans avant d'en arriver là ! Et puis, c'est notre philosophie de vie !

– Lucien, c'est quoi ton rêve dans trente ans, euh… enfin je veux dire dans un futur proche, enfin un futur vague ! Bref, c'est quoi ton rêve dans cinq ans ?!

– En train de pêcher, à la mer, en face de mon appartement.

Toujours embusqué, je me dresse à mon tour et lâche :

– Ben, excuse-moi de te dire ça, Lucien, mais pour y arriver, va te falloir un peu plus d'ambition.

Aziz éclate de rire.

– 1-0 !

Lucien jette sa pantoufle à la gueule d'Aziz. Mounir se marre.

– 1-1 !

2. Nous avons l'ambition (traduction du néerlandais toujours aussi approximatif).

Entre Lucien et Aziz, il y a toujours eu un truc spécial. J'sais pas quoi exactement, comme des siamois qui se reconnaissent, qui peuvent se chamailler sans se faire mal. Au départ, c'était juste une histoire de ballon. Aziz devait avoir 10 ans et Lucien en avait ras-le-bol qu'il prenne le bas de son étalage pour le cadre d'un but. On peut le comprendre. Alors, il kidnappe le ballon. Et Aziz, les bras croisés, refuse d'entrer dans son magasin pour négocier avec le serial killer de ballons, il en était pas à son premier ballon, le Lucien. Aziz en fait une question d'honneur. Il veut juste que Lucien le lui rende.

– Mon ballon ! Tu vas me le rendre mon ballon !

Après un long moment, le ballon ressort du magasin complètement dégonflé en rebondissant mollement. Aziz est furax.

– Quoi ?! Tu crois que c'est le ballon à ton père ou quoi ?! Woulah ! Ou tu me le regonfles, ou tu me ramènes le même, la même couleur, la même marque ! Et j'te préviens, il vient du Maroc !

Aziz ne sait pas trop quoi faire, mais il est hors de question de renoncer. Il a des éclairs dans les yeux et il aimerait bien foudroyer Lucien à distance !

La lumière s'assombrit autour de lui, de gros nuages noirs envahissent le ciel, un orage éclate. Le déluge s'abat sur Aziz immobile, les bras croisés. La pluie vire à la neige. Aziz maintient sa position, aussi impassible qu'un moine tibétain en pleine médiation. Le symbole même de la résistance ! La tempête passée, un petit tas de neige recouvre le haut de sa tête. Aucun muscle ne frémit, son mental est d'acier ! Lorsque le soleil réapparaît, Lucien sort de son magasin, sans ballon. Il prononce juste cette phrase :

– Fais patienter les clients, je reviens dans une demi-heure !

Et Lucien s'en va… Aziz est surpris, mais n'en montre rien. D'un coin de l'œil, il regarde Lucien disparaître à l'angle de la rue. Une cliente entre dans le magasin. Il relève à peine le menton. Après un moment, n'y tenant plus, il franchit la porte de l'épicerie et sert la cliente qui lui dit de garder la monnaie. Lucien de retour, ils trouvent un accord : quand Lucien doit s'absenter, Aziz tient la boutique et garde le change pour payer le ballon…

Le visage ahuri de Mounir me ramène au présent. Il me dévisage bizarrement.

– Tu devais pas manger… ton père ? ou donner… ta mère ?… un truc à midi ? Ton père, le bus, j'sais pas ?

– Quoi ?!

– Je devais te le rappeler ! Ta mèèère, le bus…

Aziz regarde Mounir comme un être venu d'ailleurs.

– Je crois qu'il essaie de rentrer en communication avec nous !

Mounir a une révélation.

– Ton sac !!

Ah, oui putain ! Mon père ! Le thermos ! J'avais complètement oublié ! Je m'empare du sac plastique qui traîne sous l'étalage et m'éloigne rapidement. J'ai déjà fait quelques mètres quand Aziz me rappelle.

– Hassan ! Hassan ! Viens ! Viens ! Viens ! Woulah, deux minutes, même pas ! Deux secondes ! J'en ai une bonne !

Je me retourne et j'hésite. J'évalue la distance, le nombre de pas nécessaires pour le rejoindre. Il m'a déjà fait le coup et j'ai pas envie de me faire avoir à nouveau. Mais comme il insiste et qu'il a l'air sincère, j'y retourne de mauvaise humeur.

– Quoi, vas-y, quoi, j'ai pas le temps ! Enchaîne !

Il me regarde avec ses grands yeux clairs puis baisse la tête.

– Non, c'est rien, c'est pas important !

– Woulah, tu vas me raconter un truc ! J'suis pas revenu pour rien !

– OK, tu connais le prénom de la cigale dans *La Cigale et la Fourmi* ?

– Non, mais vas-y, accouche !

– Steven.

J'comprends pas et je le lui montre avec un facies d'abruti énervé.

Aziz, le spécialiste de la vanne pourrie, me regarde triomphant.

– Steven Cigale (Steven Seagal) !

Je reconnais qu'elle est bien pourrie, ça m'arrache un sourire et je me barre.

Dans mon dos, j'entends le téléphone de Mounir sonner. Il ne décroche pas et demande à Aziz de le faire à sa place, c'est-à-dire de prendre le téléphone portable qui est sur son ventre ! Refus catégorique d'Aziz. Le portable tombe par terre, Mounir soupire et relativise l'importance de l'appel : « Si c'est urgent, ils rappelleront ».

Il n'y a jamais rien d'urgent dans la vie d'un baron, Rien d'Urgent. Même le rendez-vous avec mon père, c'est pas urgent, c'est juste que je suis en retard ! Le retard est une notion qu'on maîtrise assez bien, mais l'Urgence est un concept aussi impossible à imaginer pour nous que le concept du Rien pour vous.

Au départ, il n'y a Rien, c'est déjà difficile à imaginer. Mais avant le Rien, est-ce qu'il y a quelque chose ? Est-ce que le Rien est juste une constipation entre deux pets, j'veux dire le big bang ? C'est quoi le Rien ? Et aussi : est-ce qu'il y a des endroits dans l'univers, au-delà des galaxies, au-delà des Albator, des Capitaine Flam et des Supernova où il n'y a Rien, pas même un caillou de météorite ; et est-ce qu'au cœur de ce Rien, il y a une micro micro poussière qui s'appelle la Baronnite et plus on télescope sur cette Baronnite, plus on se dit, c'est bizarre, j'connais cet endroit, ça me dit quelque chose, alors on s'enfonce encore dans l'image de l'image de l'image, avec un logiciel hypersophistiqué comme dans Les Experts Miami, *sauf que t'es à Molenbeek, et soudain tout s'explique, on dirait des hommes là-bas, affalés sur des légumes, ah merde c'est moi dans la Baronnite !*

Vous voyez ce que je veux dire ?

Moi pas !

Quand j'arrive dans la station de métro où mon père vend des tickets, je me dis qu'il vaut mieux discuter du concept du Rien avec lui que de la philosophie des barons. Il comprendrait de toute façon Rien. J'aime beaucoup mon père, mais il vit dans une autre galaxie au sein de laquelle il y a un gros concept qui s'appelle la STIB, la société des transports en commun qui a déjà aspiré la moitié de la famille. Dans certaines familles, la calvitie est héréditaire, les ongles incarnés sont héréditaires, le chômage est héréditaire… Chez nous, c'est la STIB ! Si un membre de ta famille, même l'arrière-arrière-arrière-petit-cousin se retrouve à la STIB, c'est foutu, t'es grillé, tu peux pas y échapper, autant arrêter tout, tout de suite, ton chemin est tracé, enfin ta ligne !

Mon père est content de me voir, je sors le thermos du sac, on boit le thé et je fais semblant d'écouter, je plisse les paupières, l'air sérieux, je hoche la tête toutes les trois secondes, hum hum, pour lui faire comprendre que j'suis d'accord, je porte la main à ma bouche, alors que mon cerveau est directement relié sur iTunes avec le troisième album de Beyoncé. Ah, je sais, c'est pas terrible, mais j'écoute ses chansons uniquement pour son corps ! Mon père me donne des conseils sur mon soi-disant futur métier.

– Regarde, regarde ! Tu appuies là, il t'entend !

C'est au moins la centième fois qu'il me montre l'utilisation de l'interphone dernier modèle.

– Quand tu lâches, il t'entend plus.

Je hoche la tête, j'aimerais lui dire que ça ne m'intéresse pas, mais j'y arrive pas.

– Une chose très importante, Wouldi, ça c'est une technique de ton père. Quand le client il vient te demander un ticket, D'ABORD il paye, tu prends l'argent dans ta main, tu comptes, même si c'est ton frère, ET PUIS tu donnes le ticket ! On a eu beaucoup de problèmes, parce que si tu donnes d'abord le ticket, il peut partir et toi comment tu fais ?!

Pour bien me faire comprendre, mon père se lève et fait des grands gestes d'impuissance en frappant sur la vitre comme un panda paniqué derrière une cage.

– Tu es bloqué !... Et lui il aura déjà pris la poudre des scampis !

Là, je peux pas m'empêcher de corriger.

– La poudre d'escampette, papa ! Et l'escampette, c'est pas un petit scampi !

Il me regarde l'air de dire, c'est ça, c'est ça, tu te crois plus malin que tout le monde, hein ?! Et j'aimerais lui répondre que pas du tout, et que quand il se trompe, je trouve ça beau, que jamais j'y aurais pensé à ses scampis, mais qu'il a pas besoin d'en faire autant pour que je comprenne ! Le problème, c'est qu'il ne me fait pas confiance ! Faudrait que je lui dise, mais on est interrompus par David, un client habituel à mon père.

– Salam aleikoum m'sieur Kader !

Il me dévisage en souriant. J'ai du mal à montrer ma joie, alors je sors mon sourire de Chinois. Le sourire tellement lifté qu'on sait pas si tu souris ou si tu souffres.

– C'est lui qui va reprendre le flambeau ?! Aaaah, il a l'air déterminé ! C'est écrit sur sa tête !

Il se fout de ma gueule ou mon sourire de Chinois marche à ce point ? Mon père ne me regarde même pas.

– Oui, oui, m'sieur David, je lui explique les rudiments du travail ! Parce que bientôt, c'est lui !

– Mazeltov, mazeltov Wouldi !

– Comme d'habitude ? 1 euro 50 !

David fouille son portefeuille.

– Alors, donne !

– Et toi, paie !

– Donne !

– Paie !

– Donne !

– Paie !

Ces deux-là ne peuvent pas renoncer. David tente une autre tactique.

– … Tu connais la règle dans la société occidentale : le client est roi.

– … Tout à fait, m'sieur David ! acquiesce mon père. Mais ici, on est en Belgique, et en Belgique, le roi n'a rien à dire, alors tu paies !

Parfois je me dis qu'une partie de mon envie de monter sur scène vient de lui.

Mon père est souvent drôle avec ses copains, rarement en famille, ou alors sans le vouloir, par réflexe, pour se défendre. Mais jamais, jamais, il n'aurait imaginé en faire un métier. Il a eu la vie trop dure pour ça. Je le regarde, fier de son succès sur David, et je souris à mon tour. David lui aussi sourit, il sort l'argent et le donne à mon père qui me fait un clin d'œil.

– Alors David, tu prends le métro parce que le temps il est Mossad ?!

Il rit lui-même de sa blague, sans doute préparée depuis longtemps. J'en profite pour m'éclipser. J'en ai assez vu. J'ai un truc important à faire.

3

Je suis sur scène, chez Le Grand Jacques.

Il s'appelle Jacques Nietzsche, je s'ais pas si c'est son vrai nom ; on l'a jamais su. Ce qui est très dur en répétition, c'est que personne ne t'écoute. Et puis je suis certain qu'ils comprennent pas. Ce cabaret, c'est important pour moi.

D'accord, il fait un peu paillettes, bar à karaoké avec ses rideaux argentés, mais j'aime bien l'ambiance. J'aime bien m'imaginer les gens qui s'installent autour des tables rondes ornées de loupiotes, qui papotent entre eux en grignotant et qui te regardent uniquement quand t'es bon. Est-ce qu'ils sont venus pour la bouffe qui est bonne et pas chère ou pour toi ? En tout cas, si t'es mauvais, ils te le font vite comprendre en t'ignorant. C'est un challenge. Il y a des gens qui rodent leur spectacle ici, moi j'y joue.

Pour la première fois.

J'imagine pas Mounir parmi le public. Même avec un révolver sur la tempe, il viendrait pas. D'ailleurs, moi non plus, je comprends pas toujours les spectacles. Souvent, je me sens un peu étranger à tous ces artistes, mais j'y vois un truc précieux : une liberté, une envie de décoller de la réalité… Surtout ce gars qui joue du blues avec un ukulélé dans un ballon gonflé par un aspirateur. Je sais pas pourquoi, mais c'est un peu comme ça que je vois la scène.

Jacques, c'est un mec ouvert artistiquement. Tu le vois rien qu'aux compiles musicales qu'il fait tourner dans son cabaret : ça va de la Lambada, jusqu'aux Tambours du Burundi en passant par Britney Spears. Un type ouvert et qui sait écouter, ce qui est très rare. Il aime les gens, ça se sent dans sa manière de te serrer la main. Tout ce qu'il cherche, c'est être étonné. Le reste, il s'en fout. Il me fait confiance, il me donne confiance. Bon, je me lance, j'essaie, je cherche un début pour le sketch sur mon père. Jacques m'aide, ça commence à s'étoffer quand je m'aperçois qu'un caméraman de télé me filme.

– Qu'est-ce que tu fais ? T'es en train de filmer ?

Le caméraman me sourit, goguenard.

– Ben, on peut rien te cacher !

– Vas-y, coupe ta caméra ! Coupe ta caméra ! Le caméraman, étonné, se tourne vers Jacques qui ne comprend pas.

– C'est quoi le problème ? Il fait son boulot ! C'est pour les 10 ans du cabaret !

J'essaie de me dépatouiller comme je peux.

– C'est pas ça ! Mais on n'est pas à Kaboul pour filmer les gens sans prévenir !

Le voyant rouge au-dessus de l'objectif s'éteint, je me calme.

– Moi, je m'en fous, c'est pour votre promo… Alors, tu t'arranges avec la journaliste ! MALIKA ! MALIKA !

En entendant ce prénom, je deviens tout blanc. Et puis je la vois entrer dans le cabaret. Elle ne m'aperçoit pas tout de suite, elle parle avec quelqu'un au téléphone. Malika ! Pourquoi quand on est amoureux, c'est comme un effondrement à l'intérieur, on se sent nu, désarmé ? Je la regarde attentivement, j'en perds pas une miette et chaque chose que je vois m'enflamme; elle a pas de défauts: son rire, ses lèvres, ses dents blanches, ses yeux pétillants, le mouvement de son poignet tout fin qui éteint le portable et le range dans son sac, l'ondulation soyeuse de ses cheveux quand elle redresse la tête, et tout ça au ralenti parce que quand t'es amoureux tu la vois toujours au ralenti…

Elle me regarde avec un sourire profond et c'est ce regard-là qui me tue! En moi, au fond de mon cœur, je sens un battement d'ailes, comme des oiseaux qui s'envolent d'un buisson à l'approche d'un chasseur…

Ouais, je sais, c'est étonnant, sortant de la bouche d'un baron. Mais c'est pas ma bouche qui parle, c'est mon cœur. Malika, la star du quartier, de la communauté toute entière. Elle a fait un truc de taré: pour devenir journaliste, elle a fait des études de journalisme! Comme quoi, des fois, ça marche. Je suis fou amoureux d'elle. Et à mon avis, je dois pas être le seul: elle présente le journal le plus regardé du pays, rediffusé en boucle toute la nuit. Tout le monde le regarde et quand je dis tout le monde, c'est vraiment tout le monde!

Il y a un mec qui dit que tu reçois certaines cartes à ta naissance: celle de la beauté, celle de l'intelligence, ou celle de la débrouillardise, mais jamais toutes en même temps. Eh ben Malika, elle a hérité du jeu complet, celui de 52 cartes: l'as de trèfle, la dame de cœur, le valet de pique... Il restait plus aucune carte pour Mounir.

Ah oui j'oubliais, Malika c'est la sœur de Mounir!

Et chez nous, tu touches pas à la sœur des potes, parce que c'est comme un pote mais avec des cheveux longs!

Jacques va à sa rencontre et lui serre la main.

– Bonjour madame, je vous remercie d'être venue… C'est un honneur de vous recevoir.

– Pas de problème… C'est avec plaisir.

Elle a dit plaisir en me regardant.

Je descends de scène et je vais vers elle, le cœur battant. Qui a prévenu Malika ? Comment elle a su pour le cabaret de Jacques ? Les questions se bousculent dans ma tête. Au moment de se saluer, on hésite tous les deux entre la bise ou la main… On opte pour un bon serrage de mains bien viril et sans ambiguïté… Le caméraman observe ce manège, amusé, il comprend pas, c'est culturel, c'est le respect.

– Hassan, comment va la famille ? Raja, à l'école, ça va ?

– Hamdoulilah[3], merci.

D'un geste de tête, elle m'indique la scène.

– Alors, ça y est ?! Tu te lances ?! Il était temps !

Jacques semble surpris par notre ton familier. Je me sens mal à l'aise.

J'entraîne Malika à l'écart.

– Excuse-moi t'es plus présentatrice ? Ils t'ont rétrogradée ?

– Non, non, je suis toujours présentatrice, mais des fois je choisis un sujet que j'aime bien, que j'aimerais développer, approfondir, enfin connaître, quoi…

Je suis tellement stressé que je capte pas du tout la perche qu'elle me tend. Elle aurait pu rajouter des voyants lumineux clignotant autour, j'aurais rien vu !

– Et comment ça va se passer au journal ? Comment tu vas lancer le sujet : « reportage, moi-même » ?!

– Ah c'est vrai, je n'y avais pas pensé…

3. Grâce à Dieu.

– Je vais être brusque, mais j'aimerais que tu me coupes au montage…

– Hassan, c'est l'occasion rêvée ! Tu passes à la télé ! C'est une bonne amorce pour annoncer ça à tout le monde ! Ton père sera fier de toi, non ? Je peux même t'interviewer, si tu veux !

Elle me fait hésiter un court instant puis je secoue la tête.

– Euh… Un autre jour ou dans une autre vie ! Je me rends compte que tu connais pas assez mon père ! Comment te métaphorer les conséquences : tu connais la fête du mouton ?

– Ben oui, la fête du sacrifice !

– Bon, tu remplaces « mouton » par « Hassan » !

– Tu exagères, tu ne crois pas ?

– S'il te plaît !

– Et la liberté de la presse, qu'est-ce que tu en fais ?

Là, franchement, ça me dépasse. J'suis tellement terrorisé à l'idée de passer à la télé que j'vois même pas la vanne ! J'imagine pas deux secondes qu'elle peut plaisanter !

– Mais on est dans un cabaret de 20 places, à Bruxelles, dans le cul-de-sac d'une rue à sens unique ! Qu'est-ce que les gens s'en foutent !

Elle rit jaune, je la sens déçue.

– Bon, je verrai, je ne te promets rien ! Je ne suis pas la seule à décider ! Là, il faut que je te laisse, faut que j'assume mon travail, MOI !

Sur le trajet jusque chez moi, je suis obsédé par cette idée : mon père, Mounir, les voisins, tout le monde va savoir, j'vais me faire massacrer ! J'imagine toutes les stratégies pour éviter cette catastrophe : faire sauter les plombs, les inviter au restaurant (mais avec quel argent ?), tousser très fort, chanter une chanson pendant qu'on mange (mais ça masquera pas l'image), acheter une parabole pour qu'ils regardent le JT d'Al Jazeera, couper les caissons électriques du quartier?

Non. Je crois que je vais discuter avec mon père. Créer un lien, trouver un sujet, essayer de lui raconter un truc qui vient de se passer… Mon père a besoin d'actualité.

Un tram s'est fait renverser avec la vieille cousine d'un voisin au Maroc, un accident qui a bloqué toute la circulation, la vieille dame renversée s'est avérée être un homme

etc..

J'veux juste l'embrouiller,

il me regarde,

j'ai réussi à attirer son attention,

c'est gagné,

et là il me lâche: «Ils vont sûrement mieux en parler au journal télé!»

Merde, j'suis dans la m... erde!

Bref, je vois pas d'issue et je me retrouve assis en famille devant la télé allumée.

Comment vous décrire l'endroit où j'habite? La plus belle pièce de la maison est au rez-de-chaussée et elle est réservée aux invités – moi je l'appelle le musée.

Il y a la pièce de mes parents, pas la chambre à coucher, un espace qui leur sert uniquement pour la prière, histoire d'être tranquilles genre «Ne pas déranger!»

Moi, cet endroit, je l'appelle la pièce à conviction.

La salle à manger, c'est une armoire vitrée avec un service à thé en argent, un tajine bling-bling qui n'a jamais servi et ne servira jamais, sauf pour les grandes occasions etc. Il y a une table classique, à rallonge. On la fait doubler de taille comme par magie, à la Gérard Majax, avec une nappe venue du Maroc ; et posée sur un petit meuble, une télé qui a longtemps gardé le plastique protecteur de l'écran parce que mon père a dit, « Si le filtre il est là, c'est qu'il a ses raisons ! » 8 ans après, on a enlevé le filtre et on a découvert en même temps la télé en couleur !

On a une grande tradition d'hospitalité dans notre culture. J'ajouterais qu'elle se double de la technique du « Chez moi, c'est mieux que chez toi ». Cette vitrine derrière nous est le signe de cette technique ancestrale : un grand sourire censé montrer aux voisins qu'ici tout est nickel, qu'on va bien et vous ça va ?

Vraiment ?

Vous êtes sûr ?

Vous voulez en parler ?

Encore un peu de thé ?

Enfin, j'sais pas, c'est sans doute partout pareil. Personne n'aurait l'idée de mettre en vitrine une carte de pointage, le bulletin catastrophique du petit dernier ou un courrier d'huissier pour la mise en demeure. Faut faire bonne impression, j'imagine.

Chez nous, c'est très clair, on mange tous les jours à 19 h 30, c'est-à-dire que même si tu travailles, tu prends congé. Mon père, c'est le président et ministre des Affaires étrangères, c'est lui qui tient la télécommande donc c'est lui qui commande. Ma mère, c'est le ministre de l'Intérieur, elle gère tout ce qui se passe à la maison. Ils sont pas du même parti, c'est une espèce de coalition toujours sur le fil, et ni moi ni Raja n'avons le droit de vote.

Avec Raja, ma sœur de 8 ans, ma mère Aïcha et Mounir, on est assis à table et on attend mon père pour manger. Il est juste derrière le drap blanc qui sépare la pièce du salon, occupé à démolir la cheminée. Mon père est un optimiste acharné. Depuis que je suis tout petit il n'arrête pas de faire des travaux dans cette maison. Ça ne me dérange pas qu'on fasse des travaux, mais on est des locataires.

Tout le monde a les yeux rivés sur la télé.

C'est bientôt l'heure du JT.

Dire que je n'ai pas d'appétit, c'est un euphémisme ! Il m'arrive, en période de stress, d'employer des noms de médicaments : Paracétamol, Dafalgan, Ibuprofen, Euphémisme… Tout ça pour vous dire que je suis bien en dessous du mec qui a juste pas faim !

De la fumée s'échappe de dessous le drap. Mon père chante « Capri, c'est fini », content d'avoir fait sauter quelques briques supplémentaires. Je suis envahi par une immense fatigue et je me tourne vers ma mère.

– Tu lui as dit que Capri, c'était pas une femme, mais une île ?

Ma mère me regarde avec une lassitude encore plus grande. Elle hoche négativement la tête. Kader, mon père, nous rejoint, les mains couvertes de poussière. Quand il s'assied, tout le monde, sauf moi, se met à manger. Je regarde Mounir avaler le repas et les pubs qui passent à la télé, avec la même indifférence.

Lui aussi, il faut qu'il donne le change. Dans sa famille, tous les espoirs se sont concentrés sur Malika. Et ils ont misé sur le bon numéro. Elle a réussi au-delà de toute espérance… Dans quelques secondes, sa sœur va présenter le journal regardé par des milliers de gens, il va apprendre que je répète dans un cabaret rempli d'artistes surréalistes pour certains, homosexuels pour d'autres…

Je subtilise la zappette à mon père et je passe sur une chaîne de télé-achats qui vante les mérites d'un éplucheur à trois lames, comme les rasoirs, sauf que c'est pour les légumes. Ça a l'air bien. Le présentateur est enthousiaste. Je rentre à fond dans son baratin et, pour faire diversion, je commente le matériel, ça serait bien qu'on en aie un pareil à la maison, vraiment, puis faudrait qu'on remange des artichauts, c'est la saison en plus…

– REMETS MALIKA !, REMETS MALIKA !

Ma mère et Raja hurlent ! Comme un condamné, je m'exécute et passe sur la première chaîne. Ma mère chuchote à Raja, qu'inch'Allah, un jour elle sera à sa place.

Raja est super contente. Je voudrais disparaître. Ne jamais avoir existé. Ma mère me fait remarquer que je mange rien. Je ne parviens pas à quitter l'écran des yeux.

– … Je sais pas, j'ai pas très faim. Mais ça a l'air bon, ça sent bon en tout cas ! C'est quoi que tu as mis dans le plat ? On dirait…

Je tente une autre diversion, mais mon père intervient d'une voix autoritaire.

– Chut ! On ne parle pas quand on mange !

Tout le monde obéit et dévore Malika des yeux en silence. Le bruit des couverts me stresse à mort. J'ai l'impression que les couteaux et les fourchettes me fixent vicieusement un rendez-vous. Malika lance un nouveau sujet en discussion au sénat : l'adoption des enfants par des couples homosexuels.

Le temps s'arrête et soudain on entend le reportage avec une précision inouïe, on entend tout : les consonnes, les voyelles, les labiales, les implosives, les explosives, les fricatives, les spirantes, les chuintantes, quand j'vous dis qu'en période de stress j'utilise des mots de médicaments !

La réaction de mon père est immédiate ! Il faut qu'il couvre la télé de sa grosse voix !

– AAAAAH, C'EST VRAI QU'IL EST BON CE RÔTI ! TU AS MIS UN ZESTE DE QUELQUE CHOSE EN PLUS !

Il serre fermement le manche de son couteau. J'ai de la peine à respirer. Ma mère, très pragmatique, refuse d'entrer dans son jeu.

– Nooon, rien du tout ! J'ai rien mis de plus. Ça fait 20 ans que tu manges le même rôti !

Mon père s'énerve.

– TOUJOURS NÉGATIF !

Il cherche un appui du côté de ma sœur.

– ET L'ÉCOLE, ÇA A ÉTÉ ?!

Raja suit la même politique de contestation que ma mère.

– On est samedi.

Malika passe à d'autres sujets, et sans que je m'en rende compte, elle arrive au reportage redouté. Ma respiration se bloque.

« …Culture à présent. Le cabaret de Jacques Nietzsche, situé en plein centre de Bruxelles, dans une rue à sens unique, fêtera demain ses 10 ans. *L'occasion pour HASSAN, jeune artiste issu des quartiers populaires de la capitale, de montrer son talent en caricaturant sa famille, ses amis et surtout son père, un père haineux, mais drôle. Reportage : moi-même.* »

Le visage de Jacques apparaît et il parle de mon spectacle !

« *Vous allez voir notre nouveau talent, Hassan Elkadouri, un jeune qui a beaucoup de courage, car il nous montre sa relation avec son père, un père sanguinaire, mais tout ça avec beaucoup d'humour et de sincérité... »*

Sur la tempe de mon père, je vois le sang battre une veine de manière exagérée. Son visage et celui de Mounir se tournent lentement vers moi.

Après, c'est le délire.

Je suis séquestré dans une sorte d'arrière-cave pourrie avec un rideau gris qui tapisse le mur du fond. Une banderole sur laquelle on peut lire :« Al Qaïda, SARL » est suspendue au-dessus de ma tête. Je suis à genoux, on m'a foutu entre les mains un carton sur lequel on peut lire : « Artiste Comique ». Derrière moi, debouts, Mounir et mon père sont habillés en talibans. Ils ont l'air très méchant et très barbu. La scène est filmée par une caméra vidéo. Une forte lumière m'empêche de voir le visage du réalisateur, mais je l'entends donner ses ordres avec un fort accent ben ladenien.

– Tout il est en place ? Mouteur, Clap !

Le clapman, barbu forcément, entre dans le champ et met le clap devant mon visage. Je distingue le nom du réalisateur (Ben Laden) et celui du chef op' (Mollah Omar).

– Siquence ixicution Hassan, première... et dernière forciment.

Fou rire timide du clapman. Le réalisateur crie « Actioun ! » Mon père déroule un papier sur lequel il a écrit son discours.

– Ceci est un avertissement à tous les vendus, ces mécréants d'infidèles qui font des spectacles pour se moquer de nous !! Nous ne nous laisserons pas faire ! Nous irons jusqu'au bout, nous tuerons le virus du rire.

Il sort un énorme couteau, genre Crocodile Dundee *pour me trancher la gorge.*

– Je t'avais prévenu ! « Capri, c'est finiiiiiiiiiiiii ! »

Mounir secoue sa kalachnikov en faisant semblant de tirer en l'air.

Dans la salle à manger, je passe nerveusement une main sur ma gorge pour me rassurer.

Rien. Aucune coupure. Autour de moi, tout le monde mange tranquillement. Malika n'a pas du tout prononcé mon prénom. On est toujours à table, absorbés par le repas et la télé.

Elle a annoncé sobrement le reportage, sans me mentionner. L'interview de Jaques Nietzsche se poursuit : « …beaucoup de premiers spectacles, des mimes, des spectacles comiques, visuels, surréalistes, ou réalistes, comme ce jeune homme qui nous parle de son père, avec de la haine et de l'amour, mais surtout beaucoup de dérision, je pense que c'est important… »

Mon père réagit au quart de tour en prenant ma mère à partie.

– Tu vois ?! Les gens, quand ils savent pas faire rire, ils parlent de leur famille, de leur père ! Sûrement, ses parents ils sont morts, tu vois comment il les remercie ?! Moi, tout de suite, je tue !

Instinctivement, je repasse une main autour du cou. Jacques continue : « C'est toujours impressionnant de voir un jeune homme se dévoiler, prendre des risques ! Il se met tout nu, il monte sur scène et se fout à poil face à des inconnus ! »

Kader est dégoûté.

– Et en plus ils se mettent tout nus !

– Mais c'est un cabaret ! Avec des travestis, c'est normal ! Pas vrai Hassan ?! surenchérit Mounir.

Je cherche à éviter le débat et j'acquiesce mollement. Mais mon père n'en a pas encore fini.

– Pourquoi ils parlent pas de la météo à la place de leurs parents ?!

Raja lève les yeux au ciel et lui répond placidement

que la météo, c'est pas drôle. Ma mère ajoute que les artistes parlent de ce qu'ils aiment, et ce qu'ils aiment, c'est leurs parents. Mon père prend un air sarcastique.

– Aaaaah, c'est pour ça que je t'ai épousée ! La naïveté… Ça, c'est de la naïveté vraie ! La naïveté professionnelle, naïveté 5 étoiles !

Elle se lève de table avec un air de dire « n'importe quoi ! » Une discussion s'engage entre Mounir et ma mère, mais je n'entends plus rien.

Voilà, le reportage est passé et je ne figurais pas sur l'écran. Elle m'a coupé au montage et pourtant je ne suis pas content.

Pourquoi je suis angoissé comme ça ?

Est-ce que j'ai toujours été angoissé comme ça ?

Pourquoi je flippe, moi ?

Pourquoi j'ose pas ?

Qu'est-ce qu'il y a de mal ?

C'est pas possible tout ce flip !

Est-ce que j'ai toujours été aussi lâche ?

Quand je rejoins ma chambre, je m'effondre sur le lit. Épuisé nerveusement, je m'endors comme une masse. Mais mon sommeil est agité. Je fais un drôle de rêve.

Je marche dans les couloirs de l'école. J'entends le professeur donner une dictée. Par-dessus les portemanteaux avec nos photos, à travers les vitres, je me vois petit en train d'écrire. J'entre dans la classe, sans que le prof ne me prête la moindre attention et je m'assieds à côté du Petit Hassan, 10 ans environ. D'abord étonné par ma présence, le petit moi me demande comment je suis arrivé ici, je lui réponds que c'est trop compliqué. Petit Hassan acquiesce.

Puis il est envahi par une inquiétude subite : est-ce que je suis venu pour le prévenir d'un danger, puisque je débarque de son futur, d'un truc à pas faire parce qu'il y aura des conséquences pour l'avenir, genre arriver en retard à l'école parce qu'il y a une météorite qui va tomber et m'irradier « et que toi plus tard tu seras stérile ! Dis-le-moi, parce que je peux gérer le retard ! Aucun problème là-dessus ! »

Je comprends pas tout, mais je le rassure et je prétexte un reportage sur mon enfance qui justifie ma visite. Il me sourit et s'emballe immédiatement : seules les stars racontent leur enfance ! Il me bombarde de questions sur les spectacles déjà réalisés, me demande si je sors enfin avec Malika, si j'ai tâté ! Gêné, je mens plus ou moins habilement, il me coupe, baisse la tête et me met en garde en chuchotant : si elle est avec moi, c'est peut-être parce que je suis un type connu...

Quand je lui dis qu'elle est devenue présentatrice du journal télé, il est sûr que c'est moi qui l'ai pistonnée par amour ! Je parviens pas à en placer une dans mon rêve ! Il me parle de nous, enfin de lui pas encore grand, enfin de moi petit et se décrit comme bagarreur, plein d'humour et puis surtout tombeur. Il me le prouve en claquant des doigts, et hop, derrière nous une fille tombe de sa chaise. Le professeur interrompt sa dictée. La fille reprend sa place en regardant amoureusement Petit Hassan.

Je lui demande s'il n'a jamais peur. Il ne comprend même pas ma question ! Peur de quoi ?! Il n'en revient pas que je lui pose cette question !

Petit Hassan a comme un doute. Tout va vraiment bien dans le futur ? Pas d'embrouilles ? Il me sonde comme un vieil Indien rusé.

J'évite le regard pénétrant de Petit Hassan et je découvre Petit Aziz en train de dessiner. Je le vois terminer un portrait hyperréaliste du prof, précis jusque dans les plis des paupières et l'ombre légère sous la lèvre inférieure. J'suis épaté. Le professeur l'est nettement moins ! Il confisque son dessin et chasse Petit Aziz. Petit Hassan lui fait signe de l'attendre dehors. Le prof termine la dictée.

– ... Arrivés à l'Office du tourisme, Tom et Léa... Petit Hassan attendait ce moment.

– M'sieur, M'sieur, comment on écrit Office du tourisme ?

– Hassan, c'est une dictée !

Petit Hassan se lève et monte sur l'estrade. Il prend une craie, face au tableau.

– Je sais, je sais, mais c'est juste pour m'aider. Ça s'écrit comme... Petit Hassan se tourne vers moi, l'air de dire, regarde-moi bien. Il trace de grandes lettres sur le tableau.

– Ça s'écrit comme... Oh fils de pute ! (office de pute).

Les enfants éclatent de rire et le professeur, qui s'est transformé en Grand Jacques Nietzsche, applaudit en souriant. Petit Hassan quitte l'estrade et sort de la classe en envoyant des bisous à son public. Grand Jacques me regarde et me fait signe : c'est à mon tour de monter sur scène. Je suis tétanisé.

J'me réveille avec la peur au ventre. C'est l'heure d'aller pointer.

4

Je sors de chez moi et je marche vers le bureau du chômage, obsédé par ce rêve. Qu'est-ce que ça veut dire ? C'est aujourd'hui que je dois monter sur scène, devant un public, et j'ai les chocottes ? Pourquoi Petit Hassan a-t-il quitté la scène en plein triomphe et pourquoi je me suis réveillé sans y être monté ? Plus je réfléchis, plus le sens de ce rêve me fait peur. J'ai besoin d'un café. J'arrive devant le bureau de pointage et grossis la file d'hommes qui attendent l'ouverture du bureau, le carton bleu en main.

Le King me salue de loin en dressant son pouce. Toujours de bonne humeur, le King ! Son surnom lui vient de son métier, chômeur ! Quand mon père est arrivé dans les années soixante, il était déjà une légende du chômage ! Avec Aziz, on avait même imaginé que lorsque sa mère avait su qu'elle était enceinte de lui, elle l'avait inscrit au bureau de chômage, et que les neuf mois d'attente avant de toucher ton indemnité, ça venait de lui !

Le guichet s'ouvre. J'aperçois enfin Aziz et Mounir, je vais leur serrer la main.

Le rêve de cette nuit me travaille encore et je demande à Aziz pourquoi il a arrêté de dessiner. Aziz ne sait pas trop quoi répondre. J'insiste en lui disant qu'il dessinait super bien. Aziz hoche la tête, fouille sa mémoire puis ça lui revient d'un coup.

-... Ouais, c'est la conseillère d'orientation... Quand j'ai demandé à aller en option artistique, elle a convoqué ma mère et... Elle lui a dit que j'irais en couture-cuisine parce que je savais très bien dessiner, et qu'en couture-cuisine je pourrais dessiner des patrons !! T'imagines ?! Ils ont osé ! Ma mère, la pauvre, elle a fait le lien avec le patron, big boss, usine, argent et voilà : bureau de chômage !

On avance silencieusement dans la file, chacun gamberge dans son coin. Mounir est de mauvaise humeur, il déteste se lever tôt et ici c'est pas l'endroit le plus rigolo pour voir le soleil se lever. On croise des visages de vieux qui détournent la tête. Aziz s'étonne de ne plus voir Hamid et me demande s'il est malade. Ça me fout le cafard de penser à la maladie après le chômage, puis je pars sur un délire.

– Ah, tu sais pas ? Ben le mec il a trouvé un travail. Et d'un coup, il est devenu fou et aveugle.

– Quoi ?!

– Écoute, c'est normal. Il allait au bureau de pointage les yeux fermés tellement il avait l'habitude et puis il retournait se coucher, et là, tout à coup, il doit se lever tôt, il découvre le soleil : ça lui a cramé la rétine !Mais c'est pas ça le problème ! C'est que tout à coup, il découvre de nouveaux voisins !

Aziz se marre et embraye sur mon délire.

– Attends, attends ! Et puis, il se rend compte qu'il a un frère qui avait un boulot, qu'il avait jamais vu parce qu'ils étaient en horaire décalé !

On rigole tous les deux quand surgit derrière nous un type qui nous prend par les épaules et nous hurle « Salam alleikoum, les barons ! »

Franck Tabla ! Le fennec belgo-belge du quartier. Son rêve c'est d'être un baron. Être comme nous. Il veut nous ressembler. Pourquoi ? J'en sais rien, j'ai beau chercher, j'trouve pas et en vérité, j'veux pas le savoir. En nous il gratte l'amitié comme d'autres grattent des billets de loterie. Il a toujours une saison de retard ! Il est drôle malgré lui, touchant, et nous rend fiers de ce qu'on est. C'est pas un mec méchant, Franck, loin de là... mais putain, qu'est-ce qu'il est lourd !

Tout ce qu'on lui dit, il l'avale. On a même été jusqu'à lui faire croire que leitmotiv, ça veut dire locomotive en Russe et que mea culpa, c'est une île pas loin d'Hawaï. On le salue mollement. Enthousiaste et souriant, il nous explique qu'il vient s'imprégner des barons, « parce que si tout va bien, inch'Allah ! »

Aziz le coupe net.

– Tu sais ce que ça veut dire, inch'Allah ?

– Ben, ça veut dire : peut-être.

– Putain ! N'importe quoi !

Face à Mounir, Franck Tabla a un petit mouvement de recul.

– Qu'est-ce que tu fous là, toi ?! Tu travailles, toi ! Allez, dégage ! Dégage, dégage !

Franck ne comprend pas pourquoi Mounir le rembarre et il m'interroge du regard. Je lui fais signe de laisser tomber. Il sort du bureau sous le regard de Mounir.

– Hé, zebi ! Si ce hagoun[4], il veut être au chômage juste pour être comme nous, j'vais vous dire, ça… Ça c't'un signe de la fin du monde !

LA phrase de Mounir, sa devise.

4. Ce con.

La première fois que je l'ai entendue, c'était dans le magasin de Lucien. On était gamins. Aziz tenait la caisse pendant que Lucien rangeait sa marchandise. Mounir et moi on décide de les rejoindre et… qui on voit sortir du magasin ? Rachid Compas, une référence du quartier, surtout pour les enfants que nous étions. Mounir est abasourdi. Aziz a servi Rachid Compas !

– Rachid Compas, le mec qui a frappé les cinq flics en même temps !

On regarde Mounir sans bien comprendre. Il est excité comme une puce.

– Mais oui ! Le coup du compas !

Du haut de ses 10 ans, Mounir tente de pivoter sur une jambe, à la Jean-Claude Van Damme. Aziz se marre. Sa tête dépasse à peine du comptoir.

– Tu dis n'importe quoi ! Pourquoi toujours la violence ?!

Il prend un ton professoral et nous explique.

– La famille Compas c'est une GRAAANDE famille ! C'est son arrière-arrière-arrière-arrière-grand-père ! Les chiffres arabes, tout ça ! C'est lui qui a inventé le compas !

Je secoue la tête et je donne ma version.

– Rachid Compas est un psychopathe, j'étais là quand il a braqué une banque.

Debout sur une escabelle, Lucien me regarde amusé. Je joue une scène de braquage, révolver au poing, et je me planque derrière un étalage de paquets de chips.

– On terminait un braquage, tranquilles, comme d'habitude, puis ça a mal tourné ! Alors Rachid a trouvé une technique : la voiture elle tournait sur elle-même, à toute vitesse comme un compas ! Les flics savaient pas quoi faire ! Puis il m'a ramené chez moi.

Aziz plisse ses paupières, soupçonneux.

– Et pourquoi il t'a pas dit bonjour ?

– Eh justement, tu crois qu'il va le crier sur tous les toits ?! Amateur ! On se voit UNIQUEMENT pour les braquages.

Lucien redescend en rigolant.

– N'importe quoi, les enfants ! N'importe quoi !

Il replie son escabelle et la repose contre un mur.

– Je vais vous dire pourquoi on l'appelle Rachid Compas. Mais accrochez-vous, parce que vous allez avoir un choc !

On est pendus à ses lèvres.

– On l'appelle Rachid Compas, parce qu'à un moment donné dans sa vie EXTRAORDINAIRE apparemment, il a habité rue du compas… Mais à cette époque, il y avait tellement de Rachid dans le quartier que pour m'y retrouver sur mon ardoise de crédit, j'ai dû les classer par rues. Et comme il habitait rue du compas…

On est sonnés.

– Je vous avais prévenus, ça fait mal !

Mounir, nous regarde.

– Ça… Ça, c't'un signe de la fin du monde !

Dans la file du bureau de pointage, un chômeur s'impatiente.

– Vas-y, faites vite ! Il y a des gens qui travaillent ici !

Mounir réplique du tac au tac.

– Et bien tu t'es trompé de file, Ducon !

Il tend sa carte à la préposée, la même depuis toujours qui tamponne en tirant la gueule. Ça énerve Mounir, il voudrait que tout le monde s'accorde à ses humeurs et, pour lui faire comprendre, il grimace un sourire. Elle hausse les épaules, rien à foutre. Mounir tape son poing sur la tablette :

– On est des barons !

Je passe juste derrière lui et je tempère pendant qu'elle tamponne.

On sort du bureau de pointage au ralenti comme des winners, on va sauver le monde, sauf qu'on sort d'un bureau de chômage. Avec sa clef, Mounir désactive le verrouillage central d'une rutilante BMW noire.

Vous vous demandez sûrement comment un baron comme Mounir a pu se payer une BM, surtout aussi rutilante. Ben c'est très simple : la BM, on se l'est payée à 8, avec Franck Tabla ! Au début, tout va bien et puis après ça part en vrille.

Si je peux donner un conseil aux mecs qui se lancent dans ce genre d'investissement : n'achetez jamais une voiture à 8, achetez-la plutôt à 7, parce qu'il y a 7 jours dans une semaine ! Et 7, c'est un putain de chiffre premier qui se divise que par lui-même.

On pouvait pas virer Frank Tabla, parce que premièrement, il avait payé 50 % de la bagnole et deuxièmement parce qu'il était passeur de permis. Il s'était appelé successivement Ben Haïssa, Ben Yadir, Ben Salah, Ben Oït, Ben Zine, Ben Hur, Ben Stiller, Ben Noire, non celle-là elle est pourrie, je la barre…

Franck avait passé le permis pour la moitié du quartier ! À chaque fois qu'il remettait le permis à ses clients, Franck donnait toujours le même conseil : « Écoute-moi bien : un Belge, jamais de la vie il donnerait sa vie pour sa patrie ! Mais par contre, il serait prêt à mourir pour sa priorité de droite ! »

Il avait raison Franck. Ta priorité de droite, t'avais intérêt à la respecter, sinon tu risquais de tomber sur Mounir.

La priorité de droite, c'était sa spécialité.

Ça porte même un nom : chasseur de droit. Concrètement, t'as une bagnole pourrie, tu veux t'en débarrasser en grattant l'assurance, tu fais appel à Mounir, et lui il va chasser. Une priorité. De droite.

Chasseur de droit.

Quand t'as le constat, tu vas chez Ozgür le magicien et toute sa famille Ozgür, Sale Figüre, Mauvaise Augüre, Œuf dür et Tonton Gügür ! Avec lui il faut être clair dès le départ, il faut mettre les points sur les i, enfin sur les ü ! Pour visualiser le personnage, imaginez un gringalet à grosse moustache à la Saddam Hussein, avec un air turc, mais avec un accent Wallon. Il t'accueille les bras ouverts, inspecte la voiture accidentée par Mounir. « Bon, à vue de nez – et c'est l'expérience qui parle – on est dans des frais avoisinants grosso modo les 625 euros.

Et mon taff à moi, Ozgür, mon job, c'est quoi ? C'est monter ce petit 625 euros à 6250 euros, ce qui est beaucoup plus que la valeur même de la voiture dans sa totalité. Là, c'est du Copperfield, c'est de la magie ! Magicien d'Oz ! Ozgür magicien d'OZ gür ! Pas mal ! »

Satisfait de lui, il redevient sérieux et adopte l'attitude d'un prof. Il prend un burin et un marteau et il frappe comme un fou, mais pas n'importe où, il vise les points vitaux, à la japonaise, c'est-à-dire qu'il va te trouver la petite pièce chiante de derrière les fagots du moteur qui va te coûter la peau du cul et huit semaines pour te la faire livrer !

Mais le problème restait le même : comment tu veux diviser une semaine de 7 jours par 8 personnes ?

5

Normalement, c'est avec ce sketch sur la BM que je commence mon *One* sur scène. Mais je ne suis plus trop sûr.

Je me tourne vers Jacques, j'lui demande pourquoi il n'a pas ri à mon sketch, pourquoi il n'a ri à aucun moment. C'était mauvais à ce point ? Jacques s'énerve.

– Hassan, c'est la sixième fois que tu me fais le sketch de la BM. J'ai ri au début, là, je ris moins.

– Ouhla, ça m'aide pas, ça m'aide pas du tout ce que t'es en train de me dire !

– Tu es drôle, mais là c'est du travail, OK ! Ce que tu racontes est drôle, d'accord ?! En plus, c'est tellement énorme que ça ne peut qu'être vrai ! C'est ça qui fait ta force !

J'suis pas convaincu. Je repense à mon rêve.

– Pour ce soir, tu pourrais pas me mettre en dernier ?

Jacques hausse le ton.

– Tu passes avant les deux strangers ! De toute manière, t'es là à 21 h précises, c'est tout ! Après, si tu veux, tu te barres, mais t'es là à 21 h !

– … OK, ok, ça va, je serai là !

– Un conseil : te prépare pas trop, réfléchis pas trop à ce que tu dis, laisse-toi aller et tout se passera bien !

Je quitte le cabaret et je jette un coup d'œil à la scène. Les deux strangers font leur numéro de ballerine en collants noirs, avec leur petite boule rouge qui disparaît et apparaît un peu partout… Je comprends pas comment ils font, je comprends pas ce que je fous là puis je comprends, puis j'comprends plus, j'clignote comme la balle.

Je me réfugie dans ma chambre. Je relis mes notes, chipote sur une virgule par-ci, un point par-là. Le doute m'envahit de plus en plus. J'ai l'impression que tous ces textes sont vieux et qu'ils ne sont pas drôles.

N'y tenant plus, je tente le sketch que je viens de trouver sur Mounir et Handicap International face à ma sœur. De temps en temps, le bruit du marteau-piqueur de mon père couvre une partie de mes paroles et je dois les répéter. Raja m'écoute, assise sur le lit, les yeux grands ouverts, sérieuse comme un pape. Son sérieux me déstabilise. Je termine, je me penche vers elle et j'attends. Elle me demande si Mounir était comme ça à l'école. Long moment de silence. Je ferme les yeux, j'veux pas croire qu'elle n'a pas compris !

– Non, mais c'est un sketch ! Tu comprends ?! Mounir ça aurait pu être n'importe qui !

– Alors dis « n'importe qui » à la place de Mounir, parce que ça fait bizarre !

– Mais, ça t'a fait rire ?

– Non.

– Rien, vraiment ? Pas une virgule, un point ?

Je me relève complètement perturbé et je tente de me rassurer comme je peux.

– De toute façon, t'es trop petite, tu peux pas comprendre, t'es encore une enfant.

Raja me regarde, je sens qu'elle hésite à me dire quelque chose.

– Quoi, vas-y, accouche.

– La vérité sort de la bouche des enfants !

Et Raja file hors de la chambre, en deux temps trois mouvements ! J'accuse le coup, mais je ne me laisse pas abattre. Il me faut un adulte.

Je sors et je vais aider Lucien à ranger sa marchandise. Il a l'air fatigué, mais je suis sûr que mon numéro va le détendre. Tout en portant les caisses à l'intérieur, je lui raconte un des mes classiques.

– Dis-moi juste sincèrement si ça te fait rire ou pas. C'est un sketch où je compare un Cédric et un Mounir.

On va chercher d'autres cageots à l'extérieur.

– Tu vois par exemple quand Cédric se fait renvoyer de l'école pour trafic de stupéfiants, la réaction de son père est immédiate. Il est obligé de frapper fort, la punition exemplaire, quoi !

Putain, c'est lourd ces pastèques ! Lucien se retourne avec un air interrogateur. Je dépose une caisse de fruits et je reprends.

– Ça se résume en une phrase, mais là, il a frappé fort ! Il lui a dit : monte dans ta chambre !

Lucien va derrière son comptoir et refait des calculs dans un petit cahier. Il rature nerveusement la page et recommence, tout en m'écoutant. Pourquoi il refait ses calculs ? J'suis pas bon ? Je continue.

– Non, mais ça a pas l'air rigolo comme ça, mais ce qu'il faut savoir, c'est que dans sa chambre, il y avait un lit 2 personnes, un four à micro-ondes, un frigo, un lecteur DVD, des consoles, et j'en passe !

Des coups de klaxon retentissent dans la rue. Je m'interromps à nouveau.

– Oui, mais moi, si j'avais été à la place de Cédric, mon père, il m'aurait dit : aaaah tu t'es fait renvoyer... Reste dans le salon, on monte tous

dans ta chambre !

J'attends sa réaction.

– Alors ?

– ... Attends, pourquoi Mounir monte dans sa chambre ?

– Laisse tomber !

J'suis complètement découragé et je vois le visage désolé de Lucien. Putain, j'fais rire personne de 7 à 77 ans !

– ... Écoute, refais-moi ton truc demain, parce que je suis peut-être pas la bonne personne ou c'est peut-être pas le bon moment.

– C'est pas grave, Lucien. C'est nul, je suis nul.

Je sors du magasin et la nuit est tombée. Je suis tellement catastrophé que je ne remarque même pas la BM garée en double file devant l'épicerie.

J'entends la voix de Mounir qui m'appelle. Je m'approche de la voiture et Mounir sort sa tête de la portière, me demande de monter. Je reste debout. Il me dit qu'il a rendez-vous avec Hind, une universitaire, et sa cousine. Il veut que je l'aide dans son plan drague. Il leur a annoncé que je serai là. Je décline en lui disant que c'est impossible, j'ai un truc à faire. J'vais pas lui préciser que je veux monter sur scène dans un cabaret parce que pour lui, un cabaret c'est un bar à travestis !

Il insiste et me demande de monter, juste pour parler, parce que là, tout le monde nous entend ! J'suis à peine assis dans la voiture que Mounir démarre en trombe.

– Qu'est-ce que tu fais ?!

– Écoute, tu peux pas passer à côté de ça ! Après, tu vas m'en vouloir ! J'te connais, Hassan, j'te connais ! J'fais ça pour toi, Hassan, tu vas me remercier !

– Arrête-toi ! Arrête-toi ! J'ai un truc à faire !

– OK, OK, dis-moi juste ce que t'as à faire et si c'est un truc important, plus important qu'une femme, j'm'arrête et tu descends !

Mounir arrête la voiture en plein milieu de la route et laisse tourner le moteur.

– Vas-y ! Dis-moi ! Ça concerne la famille, c'est un problème d'argent ? Dis-le, on le règle !

Je dévisage Mounir qui me fixe et les mots sortent pas. Je suis incapable de parler quand il me regarde comme ça.

– Vas-y ! Dis-le ! Qu'est-ce qui est plus important que d'aller voir des filles ?

Je détourne le regard.

– … Non, c'est bon. Laisse tomber. On y va !

– Eh ben voiilààà ! On y va !

On s'installe dans le restaurant avec les filles, j'les calcule pas du tout, je calcule le temps et la distance qui me séparent du cabaret. En marchant vite, avec le métro, j'peux y être en 1/2 heure. J'regarde la grosse horloge en plastique accrochée au mur : 20 h 07. En partant d'ici vers 20 h 30, c'est jouable, j'arriverai encore à temps pour monter sur scène.

Mon regard passe ensuite sur la déco autour de l'horloge : tableau du désert, calligraphies arabes, une photo de minaret etc. Un barbu jovial avec l'accent marseillais vient prendre la commande et nous propose un apéritif.

Coup d'œil à l'horloge, 20 h 08, pas le temps d'un apéro, faut que j'me grouille, je refuse. Mounir est surpris.

– Mais si ! On va prendre un apéritif, tu rigoles ? Bon, qu'est-ce que t'as comme apéritif, Mimoun ?

– J'ai des jus de fruits, j'ai des sirops, j'ai des limonades, j'ai de l'eau gazeuse.

– Bon d'accord, un Coca.

Et là, le serveur s'arrête de noter, la musique s'arrête de musiquer, les clients de clienter. Et l'horloge d'horloger.

– Tu le vois le projet, la décoration, le hanout[5] ? Ici, il n'y a rien d'Américain. Tant qu'il y a du sang dans ma veine, il n'y a rien d'Américain dans le hanout parce qu'ici on sévit sur les Américains comme le Baygon. Alors ce sera ?

Il garde le bic en suspension au-dessus du petit calepin de feuilles et attend. Je suis admiratif devant son intransigeance. Respect !

– Ok, alors j'vais prendre un Fanta.

Le barbu retrouve d'un coup le sourire, la musique se remet à musiquer et les clients à clienter. L'horloge à horloger

– Un Fanta… c'est noté.

Il prend le reste de la commande et ajoute, « je suis à vous tout de suite, je cours, je vole. » J'me marre en douce et je cherche la complicité autour de moi, mais personne ne semble relever la contradiction. Je me tourne vers Mounir, je lui répète Coca, Fanta, c'est kif-kif, mais j'vois bien qu'il a la tête ailleurs, précisément dans le généreux décolleté de Hind. C'est seulement maintenant que je les vois. Elles sont belles toutes les deux, mais mon regard remonte sur l'horloge, je suis pas horlogeophile mais j'commence à stresser, j'crois que je vais louper le rendez-vous avec ma nouvelle vie.

20 h 10. J'dis plus rien.

Un long silence s'installe. J'suis pas là, j'essaie de me rassurer sur le spectacle de ce soir. Hind tente de briser la glace en nous demandant si on s'connaît

5. Le magasin.

depuis longtemps. Mounir sourit et se tourne vers moi pour savoir précisément depuis quand. Je repense à Raja, au bruit du marteau-piqueur, j'me dis qu'c'est normal qu'elle ait rien compris, Lucien aussi, il était trop fatigué et je réponds vaguement « Ouais, ouais » à Mounir.

Long silence à nouveau.

Mounir, mal à l'aise me demande « Comment ça, ouais, ouais ? »

Je redescends parmi eux et je leur raconte qu'on se connaît depuis l'enfance. Depuis longtemps, depuis l'époque « Ouais, ouais », j'essaie de masquer. Puis je me tais. Hind et Milouda me fixent avec un gentil sourire, l'air de dire, vas-y raconte, t'as sans doute une anecdote drôle, Mounir nous a dit que t'étais un mec marrant alors raconte un truc de gamins pour détendre l'atmosphère, mais non, il n'y a rien qui me vient, je me bloque, mon esprit est accroché à la trotteuse de l'horloge.

20 h 13. Silence.

Le pied de Mounir n'arrête pas de tapoter le sol de manière stressante. Milouda me demande ce que je fais dans la vie. Le genre de question qui me fait chier. Je peux pas lui dire que j'suis un baron, parce que pour elle, baron = chômeur. Je voudrais lui dire que je prépare un *One*, mais j'y arrive pas. De toute façon, comme j'ai pas un nom connu, dire que je prépare un *One* = chômeur. Donc, dans tous les cas, je suis chômeur. Alors, je la mitonne et je lui annonce que je suis dans la recherche. Ses beaux grands yeux marron s'ouvrent, elle approche son buste de la table et elle s'emballe toute seule, comme une grande :

– Ah oui, carrément ! Recherche universitaire, les virus, les antibiotiques, les brevets, les millions, enfin l'aide humanitaire, le riz et tout ça…

– Hein ?! Ah non, non, je suis à la recherche de… de moi-même.

Ça ne fait pas du tout rire Milouda qui prend un air dépité et recule sur sa chaise. Vous voyez le genre ? Je décide de l'épingler.

– Apparemment, j'vois que ça t'intéresse ! Alors quand je me serai trouvé, je t'envoie un fax !

Mounir, tout en souriant, me donne un coup de pied.

– Aaaah ! Mounir, là, tu viens de m'envoyer un coup de pied, à mon avis, t'as pas fait exprès !

Deuxième coup de pied de Mounir, plus violent. Je grimace.

– Aaah non, non, non, à mon avis, c'était voulu.

Le silence retombe. Quand je regarde le visage de Mounir, j'ai l'impression qu'il est sur écran de veille, version sourire chinois.

20 h 25, je me lève pour aller aux toilettes.

Je me lave les mains tout en scrutant mon reflet dans le miroir. Et ce que je vois, c'est la peur, le trac. J'allume mon GSM et je vois 15 nouveaux messages ! Mounir entre dans les toilettes.

– Qu'est-ce que tu fous ?!

– Ben, j'me lave les mains.

– Mais non, arrête tes conneries ! T'es en train de bousiller ma soirée ! Trois fois qu'elle a regardé sa montre, trois fois ! En une minute ! Au quartier tu fais rire tout le monde, et puis là, quand c'est pour rendre service à ton pote, plus rien ! Juste pour me faire chier ! Allez vas-y, sors tes blagues ! Ça devient lourd ! Joue la comédie, juste pour me rendre service ! S'il te plaît ! T'es un baron ou merde ?! Il serre mon visage entre ses mains. Dans le miroir, je vois que je suis blême.

– Ouais, ouais. J'suis un baron.

Mounir lâche son emprise et, d'une voix autoritaire,

il me dit qu'il m'attend. Il disparaît derrière la porte. Je m'essuie les mains et je sors des toilettes. Je m'arrête sur le seuil et je regarde la table où m'attendent Mounir et les filles.

L'ambiance est mortelle : Hind et Milouda regardent ailleurs, genre l'une le plafond, l'autre la porte d'entrée. Mounir fixe la table sans rien dire. Il se balance sur la chaise, d'avant en arrière, comme un gosse… Mounir tousse et je l'entends raconter maladroitement une vieille blague à moi sur Ali le chimique. Mounir ne sait pas raconter des blagues. Généralement, il saute des passages et donne la chute au milieu. Bref, un massacre.

Je peux pas le laisser faire.

J'dois tirer d'affaire mon pote.

– Vous êtes sur Ali le chimique ?

Bon, ce qu'il faut savoir, c'est qu'Ali, il a tellement les dents pourries que je vais t'expliquer à quel point : il est allé voir le spécialiste de la dent, c'est-à-dire la crème de la crème de la dentition, c'est lui qui forme les dentistes de demain, il a écrit des livres sur les dents, il a organisé le premier festival de la dent, écrit le scénario *Les dents de la mer*. Les filles sourient, elles sont soulagées. D'ailleurs, c'est bien simple, on l'appelle Mister Teeth…

Le visage de Mounir s'éclaire.

– Ah oui, Baracuda !

Je renonce à lui faire comprendre que ça veut dire dents en Anglais et je continue. Milouda et Hind sont tout ouïe.

– Bref, c'est le genre de mec qui quand il voit une dent de dinosaure il peut te dire quand il est mort, de quoi il est mort et ce qu'il a mangé la veille ! Donc il en a vu des dents ! Des vertes et des pas mûres !

Hind et Milouda se marrent.

– Donc, Ali va chez ce mec, il s'assied sur le fauteuil et ouvre la bouche. Et vous voulez savoir ce qu'il a fait ce spécialiste ?

Hind me répond en rigolant.

– … J'sais pas, il l'a nettoyé au karcher ?

– Non, non. Vas-y !

Je me tourne vers Milouda, heureuse comme une enfant.

– … Heu, il est tombé dans les pommes.

– Non, non. Il a repris ses études !

Hind et Milouda éclatent de rire. Mounir, hilare, s'étrangle en buvant son jus d'orange de travers. Voilà, c'est mon public. Je passe le reste de la soirée à faire mon show et même les barbus rigolent. J'oublie de regarder mon portable sur lequel Jacques a essayé de me joindre au moins une trentaine de fois. J'avais mis mon portable sur vibreur et mon corps sur silencieux.

Arrivé chez moi, je lis juste le dernier SMS de Jacques : Merci !

6

Le lendemain, j'ai un goût amer qui ne me quitte pas de la journée. Couché sur le capot de la BM avec Aziz, je laisse filer le temps dans un brouillard cotonneux, laineux, polyester, choisissez le textile ! J'essaie de me divertir en me concentrant sur la réflexion d'Aziz, une réflexion de baron. En l'écoutant, je comprends que celle-ci est le fruit d'une looongue étude. Il a attendu sous l'arbre le mûrissage de la question, l'a analysée sous toutes les coutures, et aujourd'hui, il peut la cueillir comme une pomme.

Il va me livrer l'ADN de la question.

– Tu vois, par exemple, t'as Boulangerie-Pâtisserie, c'est normal, c'est du pain, de la farine, ça se vend ensemble ; Boucherie-Charcuterie, même combat, c'est de la viande, des saucisses. Fruits et Légumes, pareil. Mais Cordonnier-Serrurier, woulah, je comprends pas ! Quel est le rapport entre la chaussure et les clefs ?

Je le laisse ronger sa pomme quand je repère Malika en pleine discussion avec son frère un peu plus loin dans la rue. Une étincelle se ravive en moi. Mounir s'éloigne pour répondre à un appel. Par geste, je remercie Malika de m'avoir coupé ; elle hoche la tête et me demande si je peux venir la chercher tout à l'heure. J'accepte avec joie, ça me donne un but suffisant pour la journée. Elle part en souriant. Sur ce, Aziz lève les yeux au ciel, il est arrivé au trognon de sa méditation.

– … Je crois que Mounir a raison : c'est certainement un mec qui s'est fait voler ses pompes et ses clefs en même temps et après il a ouvert un magasin direct ! Parce que le serrurier et le cordonnier étaient séparés de 30 kilomètres ! Et puis, il a franchisé, comme les McDo. Qu'est-ce que t'en penses ?

Je réponds pas, en même temps qu'est-ce que tu veux répondre ? Je reste concentré sur Malika.

Fouad, un mec du quartier qui fait partie du consortium des 8 propriétaires de la BM (très à cheval au niveau des horaires de la BM) surgit de nulle part et nous réclame la BM en râlant sur le fait que la semaine dernière on la lui a donnée 1 heure en retard. Ça ne fait que renforcer ma mauvaise humeur.

– Espèce de trouduc ! Elle était stationnée devant ta porte ! Tu voulais quoi ?! Que je te la rentre dans ta boîte aux lettres ?! En plus, c'est pas la première fois que tu nous fais chier ! Chaque fois tu nous la ramènes à sec !

Aziz complète.

– J'ai l'impression que tu fais des tours dans le vent, juste pour vider le réservoir ! Espèce de radin de mes couilles !

– Il me traite de radin ! Entre frères ?! Entre musulmans ?!

– Toi, un musulman ?! Toi, t'es musulman tant qu'on te propose pas du porc gratuit ! Aziz éclate de rire, on se laisse glisser le long du capot et on se sépare.

Je suis obsédé par mon rendez-vous raté avec le cabaret et j'ai beau essayer de l'oublier, il revient sans arrêt à la charge. C'est comme une crotte flottante, vous essayez de communiquer avec elle, de lui faire comprendre qu'elle doit partir maintenant, qu'elle doit prendre son destin en main et pas rester là au fond de la cuvette, mais rien à faire, vous avez beau tirer la chasse, elle remonte sans arrêt à la surface en se foutant de votre gueule. Je ne vois qu'une seule solution extrême, mais terriblement efficace en ce qui me concerne : rentrer chez moi et regarder l'intégralité de La Petite Maison dans la prairie.

Je me sens bien dans la petite maison et puis aussi dans la prairie. Je cueille des fleurs avec Laura, et sa sœur surtout tellement belle et surtout tellement aveugle, que j'ai peut-être une chance avec elle ! En même temps c'est la saison 1, tournée y a 30 ans, donc j'oublie. J'écoute Charles Ingals me raconter tous ses malheurs autour de la table, avec toute la famille. De temps en temps, je mets l'image sur pause, ils s'arrêtent, je leur raconte mes problèmes, j'ai l'impression qu'ils m'écoutent et ça fait du bien. Quand je me décide enfin à sortir de la petite maison, la crotte flottante a disparu. Je dois aller chercher Malika.

Je me présente à l'entrée de la RTBF et décline mon identité au gardien du sas d'accueil. Il scanne mes baskets, mon training et ma veste en cuir.

– Vous avez un papier ?

– Un papier ? Non, mais j'ai rendez-vous avec Malika ! Je lui ai téléphoné il y a à peine une heure !

– Je suis désolé, mais sans papier…

– Mais j'suis pas un sans papier ! Je suis citoyen belge !

Je finis par appeler Malika qui arrive un peu embarrassée.

Elle discute avec le gardien de l'autre côté du sas. Il me fait entrer en s'excusant... J'suis un peu surpris et je lui demande ce qu'elle a dit pour me faire passer. Elle me sourit et me lance :

– Comme sujet !

J'me marre à mon tour. Je kiffe cette fille. C'est une oasis. Elle doit récupérer ses affaires au maquillage. J'en profite pour visiter les studios et quand je vois tous ces spots, ça me fait comme un pincement au cœur. Sur le chemin du retour, on marche silencieusement le long du bâtiment de la RTBF. Je la regarde dans ses habits classe puis je jette un œil à mon propre training. J'peux pas m'empêcher de me vanner.

– En fait, pour nous la télé, c'est comme les discothèques : il y a que les filles Arabes qui entrent.

Elle sourit

On monte dans la voiture et on roule sans se parler. De temps en temps, on se regarde, mais pas trop. Je sens qu'elle voudrait que je dise quelque chose, mais j'suis stressé, Fouad a de nouveau laissé le réservoir quasi vide. On s'arrête à une pompe à essence. Je sors et je vérifie discrètement la monnaie dans ma poche. 2 euros 60 ! Ça va se jouer au millimètre ! Au niveau de la phalange, va falloir que j'assure des micropressions, pour arriver pile à 2 euros 60, pas 2 euros 59, pas 2 euros 61 ! Juste assez pour arriver chez Malika.

Nos regards se croisent.

Elle me sourit gravement…

Et à chaque fois c'est pareil. En moi, tout au fond de moi, je sens des battements d'ailes, comme des oiseaux qui bla bla bla. Je réponds comme je peux à son sourire avec mon œil droit, en essayant de garder mon œil gauche sur le défilement des chiffres du compteur, De justesse je relâche la gâchette à 2 euros 60, mais je garde la poignée comme si je faisais le plein. Après un moment, je vais payer.

« Vas-y Hassan ! C'est ton moment ! Fais pas le con, tu rentres, cool ! Tu la regardes droit dans les yeux, tu lui fais comprendre avec tes yeux que tu vas l'embrasser ! Ça marche dans Les Feux de l'amour, j'vois pas pourquoi ça marcherait pas ici ! »

Je remonte dans la voiture, gonflé à bloc. Je la fixe, j'essaie de lui faire mon regard qui tue, un regard des « Feux de l'amour dans la prairie ». Malika a du mal à comprendre. Elle se tourne.

– Tu as oublié quelque chose ?

– Euh, non, rien, rien c'est pas grave…

Soudain, elle se rappelle d'un truc et me demande si ça a été. Je comprends pas. Quand je réalise qu'elle parle de mon show dans le cabaret de Jacques, je m'enfonce dans un film d'horreur ! « Le retour de la Crotte flottante » ! La gorge nouée, je relativise en lui disant que c'est pas grand-chose, que c'est juste une petite salle. Malika insiste et demande s'ils ont ri. J'avale ma salive.

– … Ouais, ouais… Surtout Jacques.

Malika est carrément enthousiaste. Elle me jette des fleurs, me félicite pour mon courage, convaincue que lorsque je réaliserai ce que j'ai fait, j'irai tout raconter à mon père ! Je voudrais que cette conversation s'arrête, mais Malika est intarissable, elle regrette de ne pas avoir été là, c'est à cause d'un enregistrement, et je lui pardonne comme un grand seigneur. Sur écran géant, la crotte flottante profite de mon malaise en sirotant un cocktail avec des lunettes de soleil ; elle me sourit et me fait un clin d'œil !

– La prochaine fois, je te promets, je suis là ! Tu ne peux pas imaginer le bien que ça me fait de te voir, toi, qui viens du même quartier, qui fonces, qui décides de faire ce qu'il a envie de faire ! Et dis-moi, c'est quand la prochaine fois que tu remontes sur scène ?

– Ah, on sait pas, c'est une question de planning, on sait pas encore. Et puis c'est rien, c'est une petite salle…

– Non, mais tu ne réalises pas maintenant, mais c'est énorme, tu comprendras plus tard ! Le pas que tu as fait, c'est un pas de géant ! C'est le premier pas le plus dur !

– Ah, ça, c'est vrai !

Elle sourit, surprise malgré tout que je réponde pas à son enthousiasme. Je suis gêné, je n'ose pas la regarder en face.

– Ben je crois qu'on est arrivés.

– Merci.

Elle sort de la voiture sans comprendre mon malaise. De dos, elle est aussi belle que de face. Je la vois hésiter devant sa porte d'entrée puis revenir vers moi.

– Excuse-moi, mais, comment tu connais mon adresse ?

– Ben, tu me l'as dit, arrête-toi là !

– Ah non, catégorique. Je t'ai rien dit, Hassan. Même Mounir ne la connaît pas.

Elle reste là un moment, à attendre.

– Vas-y ! Dis-le-moi ! Dis-le !

Je reste muet. Je relève la tête et j'ai un flash : *Mounir, portant la coiffure de Malika me regarde à travers la portière.*

– VAS-Y ! DIS-LE ! DIS-LE-MOI, HASSAN ! MÊME MOI JE LA CONNAIS PAS ! HEIN !

Je me tais, effrayé. Un voile de déception passe sur le visage de Malika.

– Dommage. Bonne nuit quand même !

7

Je passe le reste de la soirée avec les barons. On mate un film dans la BM, c'est un peu notre salon à nous. On glande et pour la énième fois, on se rappelle le dernier exploit de Franck. J'ai pas trop le cœur à rire, mais cette histoire de discothèque me détend, elle nous rassemble, comme autour d'un brasero avec le feu qui crépite… Franck est là aussi, il se fait tout petit à l'arrière, fier qu'on parle enfin de lui. Il nous regarde avec des yeux brillants, un peu gêné quand même. On connaît les dialogues par cœur et on occupe les rôles chacun à notre tour. L'histoire, c'est que Franck voulait à tout prix nous prouver qu'il était comme nous. On l'attendait dans la BM, face à la discothèque, curieux de voir ce qu'il allait faire. Mounir se fout de sa balle et imite Franck face au portier, ahuri.

– Quoi ?! Moi tu me laisses rentrer ?!

Le portier ne comprenait rien à ce délire, jamais aucun client ne lui avait demandé de le refuser !

– Bien sûr et vous avez même droit à une consommation gratuite !

Dans la BM, Franck rougit. Aziz en remet une couche et précise que Franck était tout à fait hors de lui ! Prêt à bondir comme un terrrrrrible fennec ! On s'marre et la BM tangue. J'enchaîne sur l'origine de notre rencontre : Franck se trompe de numéro, voulant appeler quelqu'un d'autre, Mounir décroche. Et depuis, il est là… Comment vous dire ? En langage scientifique, c'est un virus, en langage mécanique, un frein à main, en langage informatique on appelle ça un spam. Franck rigole avec nous, et c'est ça que j'aime bien chez ce gars, il se marre de lui-même, même si on le vanne. Aziz reprend l'histoire de la discothèque et copie sa voix, en forçant sur l'accent.

– Mais je suis un perpète, moi ! Tu peux pas me laisser entrer ! Pourquoi tu me laisses rentrer, MOI ?

Moi, je prends le rôle du portier.

– Mais Monsieur, vous avez tout à fait le physique de notre clientèle !

– J'ai une gueule de bourge, c'est ça ?!

– Mais oui, t'as une gueule de bourge !

Mounir singe le chef des portiers. Il débarque et demande avec une grosse voix rocailleuse :

– C'est quoi le problème ? Il commence à y avoir bouchon !

– Tu vas pas me croire : ce type me supplie de le refuser !

– Quoi ?! Mais vas-y, refoule-le, y a bouchon !

Je me rappelle qu'à ce moment-là, devant la boîte, c'était la première fois qu'on voyait le dos de Franck parce que c'est le genre, quand il se barre, personne ne le regarde partir ! Et ce jour-là, on a bien eu le temps de le voir son dos ! Il doublait de carrure, tellement il était content ! Il a dit au portier de parler bien fort, que le peuple entende !

– ALORS, MONSIEUR, VOUS NE CORRESPONDEZ PAS À NOTRE CLIENTÈLE ! FOUS LE CAMP, DÉGAGE !

Ah il était fier, le Franck ! Il s'est retourné vers nous avec un grand sourire alors que nous on se tassait dans les fauteuils pour pas qu'on nous voie. Il nous a regardés, l'air de dire « vous allez voir », puis il s'est remis face au portier, a inspiré un grand coup… Là on est au point culminant de l'histoire. On inspire tous avec Franck et dans la BM on hurle sa réplique :

– ET POURQUOI ?!

Franck est rouge pivoine tandis qu'on rigole comme des baleines, Mounir en a les larmes aux yeux !

Ma bonne humeur retombe sur le coup. Aziz me questionne sur les travaux dans l'épicerie de Lucien, il a vaguement entendu une discussion avec un homme d'affaires pendant qu'il somnolait sur les cageots. J'suis au courant de rien.

Je m'en veux d'avoir menti à Malika.

Je m'en veux pour Jacques.

J'suis fatigué.

Je veux disparaître.

Je me recouvre entièrement de la couette et je fais en sorte qu'il n'y ait plus aucune arrivée de lumière ; mon lit devient une grotte. Je ferme les paupières. Je voudrais redevenir petit, tout petit.

Au cœur de la nuit, j'entends des bruits bizarres dans ma chambre. Quelqu'un chuchote mon prénom. J'ai pas envie d'entendre, j'enfonce ma tête dans l'oreiller, je ne veux pas me réveiller. Mais quelqu'un insiste et prononce mon prénom. Je me relève en râlant. Les bruits semblent venir de l'extérieur. Je m'approche des rideaux et les écarte légèrement. Je les referme immédiatement.

J'y crois pas, c'est pas possible !

Je retourne vers les rideaux, les écarte à nouveau et passe la tête.

Devant moi, une salle comble éclate de rire.

– C'est quoi ce bordel ?

Le public rit de plus belle. Je referme le rideau et je repère une silhouette, dans l'ombre, sur ma droite. C'est Jacques !

– Jacques ?! Tu vas jamais me croire, mais derrière ce rideau... Qu'est-ce que tu fous dans ma chambre, d'abord ?!

– Ben tu n'es pas venu alors on est là !

J'suis totalement perdu.

– ... Aaaah, oui oui... Mais je comprends toujours pas, Jacques.

– Ben, tu avais ton show hier soir, et le public t'a attendu et tu n'es pas venu ?

– ... Mouais...

– Eh bien, c'est le public qui est venu !

Jacques tire les rideaux qui s'ouvrent d'un coup sur un théâtre bourré à craquer. Je suis debout, dans ma chambre, face au public, et je porte un stupide caleçon long avec le drapeau américain en motif imprimé. La lumière m'aveugle.

– Qu'est-ce que c'est que ce bordel ?

La salle n'arrête pas de se gondoler. J'ai jamais été aussi drôle.

– Oh, oh, oh ! Doucement, doucement, il est 4 h 00 du matin ! Vous allez réveiller mon père ! Et puis merde, je parle à qui, moi ? Mais... Sortez de ma chambre ! Sortez de ma chambre !

Toutes mes répliques font mouche.

Hallucinant.

Un vertige.

Ma vie est une blague.

Mon père fait une véritable entrée en scène, comme dans une pièce de théâtre de boulevard, qui provoque l'hilarité et un tonnerre d'applaudissements. Il attend que le public se calme avant de placer sa réplique. Il surjoue, totalement faux !

– Oh, on ne peut pas dormir tranquillement ici ?! Moi je travaille dans deux heures !

Pour les mal-comprenants, il montre deux doigts. La honte m'envahit aussi sûrement qu'un torrent. Je me lève malgré moi de ma pirogue et les mots sortent de ma bouche sans que je m'en rende compte.

Je prends mon père par le bras et tente de lui demander discrètement s'il les voit. Ma question le déstabilise complètement, bien sûr qu'il les voit ! Son regard est fiévreux et il me donne un coup de coude, il faut que je dise mon texte. Je ne vois pas de quoi il parle.

– Quoi ?! Tu veux devenir artiste ?! Clown ?! La tomate ?!

Il fait semblant de mettre un nez rouge en criant « Pom Pom Pom ! » Je suis perdu loin, très loin, quelque part au fond de l'Amazonie, et je pagaie dans le vide. Je n'ai plus aucun repère. Je trouve mon père monstrueusement nul, mais le public adore et en redemande. De loin, j'entends mon père hurler.

– Moi, je ne sais pas ce que c'est que d'être un artiste ?! Moi ?! Attends, tu vas voir ! Lumière ! Musique !

Il fait un clin d'œil vers d'invisibles techniciens qui lui apportent un micro sur pied. Les premiers accords de « Capri, c'est fini » résonnent alors que je voudrais sortir de la scène, mais c'est impossible, il n'y a plus de porte ! Mon père triomphe avec sa chanson, chaleureusement félicité par Jacques qui lui prédit un brillant avenir ! Les lumières s'éteignent sous un tonnerre d'applaudissements et je suis précipité dans le noir...

8

Je dors encore, le corps échoué au bord de mon lit, lorsque mon père entre dans la chambre, écarte les rideaux d'un mouvement sec. La lumière m'éclabousse le visage.

Kader, mon père, est de super bonne humeur, il me secoue, c'est aujourd'hui, on doit y aller. Oh, non, pas aujourd'hui, pas le potager ! J'essaie de postposer, mais il ne veut rien entendre, le temps est magnifique, il a rempli un thermos de café et mis ses vêtements de jardinier. Je sais qu'il aimerait que je partage avec lui l'amour de son potager. Mais j'y arrive pas.

Faut que j'arrête avec ces rêves ! Si ça continue comme ça, je vais développer un truc genre le cancer de la scène, ou bien un abcès de la planche ! Faut que j'en parle à quelqu'un ! Malika ? Non, pas après le coup d'hier. Merde… Malika, Malika, Malika, pourquoi je lui ai menti ?

J'aide mon père à garer sa camionnette Mitsubishi diesel 14 -100 avant Jésus-Christ en marche arrière, près de son potager. C'est un endroit sacré pour lui, cette parcelle de terre représente un moment de bonheur. Une récompense après le travail de la semaine. Une semaine de travail ! Pourquoi la récompense, elle doit toujours venir APRÈS ? Moi, j'aimerais bien avoir les applaudissements, les critiques positives AVANT de montrer mon spectacle ! Je me sentirais un peu encouragé, merde ! Et je ferais pas ces cauchemars à la con !

Je regarde mon père ratisser délicatement entre les plantes, arracher doucement les mauvaises herbes, sortir quelques carottes de terre, la larme à l'œil. J'en reviens pas de tant de gentillesse. Face à son potager, il se transforme, devient tout amour ; Il se tourne vers moi en souriant, voudrait que je goûte, comme lui, à cette tranquillité. Le genre de moment que je préfère ellipser.

On se retrouve assis à l'arrière de la camionnette dont le haillon est ouvert.

Il m'essuie une carotte et me dit de la manger comme s'il s'adressait à un enfant de 8 ans « Vas-y, mange, c'est bon, mange, mange ! » Je ne dis rien, mais le silence ne le gêne pas. Il profite des rayons du soleil en balançant ses pieds au-dessus du sol. Quand mon portable sonne, je vois bien que ça l'emmerde.

– Il va te rendre malade ton GSM ! On est là, tranquillement dans la verdure, au potager pour parler d'homme à homme et toi tu ramènes ton GSM !

C'est Mounir, il m'appelle pour ne rien dire et je lui réponds que j'ai rien à dire non plus, on fait des hum hum et des ok, des ah bon ? et on raccroche satisfaits, on vient de brûler deux minutes.

Mon père se calme et me demande ce que je compte faire de ma vie. Avec mes pensées qui battent la campagne, je comprends pas ce qu'il me demande et j'lui réponds hein ? Il ne comprend pas mon hein ? et me renvoie hein ?! Et soudain, c'est le festival des hein ?, on se lance des hein ?! et des hein ?! à n'en plus finir. Il bondit hors de la camionnette et hors de lui en hurlant des hein ?!

J'essaie de le calmer, mais je lui crie « J'entends rien ! Tu me parles de tranquillité et de verdure, mais on est entre l'autoroute E19 et la E411 ! »

Plus tard, je rejoins les barons parmi les cageots de Lucien. On se lance dans un concours de blagues pourries. J'suis à la traîne et c'est Aziz qui mène. Mounir, tout en mimant une entrée fracassante dans un cabaret termine sa blague.

– … Et puis t'as Schwarzenegger qui les regarde tous et qui dit : « De quoi j'me Mel… Gibson ? »

J'apprécie, mets la blague immédiatement à la première place de mon top 5, mais Aziz prétend qu'il a plus pourri. Je doute. Mounir, qui est un peu largué, ne comprend pas et trouve sa blague tout simplement grandiose.

– Attends, on vient de lancer le concours de la blague pourrie, tu viens de remporter la palme ! T'es pas content ?!

– … ben, elle est bien, cette blague !

Et il se met à chipoter sur son téléphone portable en boudant comme un gamin. Aziz insiste, il a une vanne encore plus pourrie, mimée en plus ! Il prend une gousse d'ail d'un cageot, la jette en l'air, la rattrape, la jette, la rattrape !

– C'est le titre d'un film !

Mounir, les yeux rivés sur son portable, répond :

– La gousse d'ail !

Aziz s'arrête, il n'a jamais entendu parler d'un film qui s'appelle « La gousse d'ail » et moi non plus d'ailleurs. Mounir hausse les épaules et, avec une parfaite mauvaise foi, prétend que « La gousse d'ail » est un film polonais en noir et blanc de 1938-39. J'ai jamais vérifié !

– N'importe quoi ! 1938-39 !

– Ben oui, Aziz ! Ouvre les yeux : tu crois que le cinéma a commencé par « Taxi 4 » ou quoi ?!

Aziz laisse passer la vanne et continue à jeter l'ail et à le rattraper. Mounir ne regarde même plus et lui dit qu'il s'en fout. Je demande à Aziz d'abréger. La gousse d'ail reste un moment suspendue en l'air. Et lorsqu'elle retombe, Aziz, un sourire aux lèvres, nous donne la solution.

– « Le retour du Jedi » ! (le retour du jet d'ail)

Je suis sur le cul.

Je fais mine d'enlever la médaille d'or du cou de Mounir et la passe autour de celui d'Aziz.

– Aziz premier, Mounir deuxième et Hassan dernier !

Putain, même dans les vannes pourries, j'suis nul.

RG, un caniche dans les bras, nous salue avec son petit chapeau à la Peter Sellers. Il a le même âge que mon père. Grand, avec une démarche à l'anglaise qui lui donne un petit côté prince Charles, en plus vif. Il observe et voit tout, caresse son chien comme d'autres manipulent un chapelet pour rester concentrés. Il nous annonce, l'air de rien, que demain, c'est la journée sans voiture, ils prévoient du beau temps et que Malika, bientôt, elle va se marier.

– Bonne journée, les barons !

Il entre dans le magasin de Lucien. Je ne suis pas certain de bien avoir entendu. Malika va se marier ? Aziz s'étire et écarquille les yeux.

– Déjà la journée sans voiture ? Putain, un an déjà !

Je me lève. Mounir me demande c'est quoi le truc avec sa sœur.

On entre dans le magasin. Lucien écoute attentivement RG qui lui parle tout bas. De loin, on dirait qu'ils préparent le complot des vieux.

Je demande à RG de répéter ce qu'il a dit, juste la fin. « Malika va se marier. » Je me tourne vers Mounir, encore plus surpris que moi, c'est son frère et il a pas l'air au courant. Je regarde R.G et je lui demande s'il est sûr de son info. Tout le monde me regarde. RG est étonné par ma question.

C'est vrai qu'on ne met pas en doute la parole de Rachid Guerouj, alias RG, Renseignements Généraux. Le mec qui est dans le quartier 27 heures sur 24, paraît même que c'est un ancien des services secrets marocains… Il sait tout sur tout, il peut même t'apprendre des choses sur toi que tu ne connais pas. Tout le monde nous l'envie : la CIA, le MOSSAD, même les gens qui font l'horoscope lui ont fait des propositions. Vous avez entendu parler du téléphone arabe, l'info qui circule plus vite que la lumière ? Et bien, le téléphone arabe… c'est lui !

Toujours stoïque, RG me regarde fixement. Je me rends compte de ma stupidité et je m'excuse :

– Sorry, excuse-moi, j'oubliais RG, j'oubliais !

Lucien hausse les épaules, des prétendants pour Malika, il y en a eu plein. RG acquiesce, sauf que là, c'est du sérieux… Il prend une pomme, croque dedans et pointe un doigt vers l'extérieur…

Le prétendant arrive.

Il est là …

À travers les vitres du magasin, je vois une BM du même modèle que la nôtre, mais plus clinquante. Elle se gare entre deux voitures avec souplesse, précision, d'un seul mouvement. On se croirait dans une pub pour BMW.

L'homme qui en sort est aussi élégant et distingué que sa bagnole. Je le déteste instantanément ! Il s'avance vers nous comme s'il marchait sur un tapis rouge, une étoile scintillante sur l'émail de ses dents. Je regarde les barons et j'ai soudain la désagréable impression d'avoir été rétrogradé en troisième division alors que lui, c'est carrément la Champion's League, les discussions à tu et à toi avec la jet set du gotha ! Je bouillonne intérieurement. J'ai envie de me le faire. Il a une tête d'héritier, à la Paris Hilton, sauf que ça doit être un peu plus bas, genre hotel Ibis ! J'évalue sa taille à distance, on mesure plus ou moins pareil…

Sauf que, le Sami Ibis 3 étoiles, une fois le pied posé sur la marche du magasin, me dépasse d'une tête. Je dois relever les yeux, l'ombre de mon rival passe sur mon visage.

Je suis humilié.

Sami Ibis est venu acheter trois kilos de sucre, comme le veut la coutume pour une demande en mariage. Ne me demandez pas pourquoi le sucre, j'en sais rien !! Il tend sa carte visa à Lucien qui n'a pas l'appareil. L'héritier n'a pas l'air contrarié pour autant. De toute façon, c'est le genre de mec qui se place au-dessus de tout. Et pour lui, nous on est à 20 000 lieues sous sa mère ! Il tend un billet de 500 euros à Lucien, pas trop à l'aise. Ce genre de client est une rareté pour lui, un spécimen qui habite plutôt dans le haut de la ville. Lucien observe tous ses gestes avec beaucoup d'attention. Peut-être qu'il espère encore apprendre quelque chose de la vie ? Quelque chose qui lui permettrait d'être de la race des seigneurs comme le grand Sami ! Lucien lui demande s'il n'a pas plus petit. Bien entendu ! Sami s'excuse, il pue la bonne éducation à plein nez, le fauxcuchisme à plein temps ! « Le mec que je vais tuer » sort une poignée de pièces de 2 euros. Même en monnaie, il a uniquement les grosses pièces, t'imagines ?! Il les dépose sur le comptoir, négligemment, comme des cacahouètes.

Son portable vibre. Dans un Italien parfait, le vampire de la classe ouvrière répond à son correspondant. Je suis écœuré. On dirait qu'un pervers a inventé ce type juste pour me faire chier. Cette ordure de Sami laisse la monnaie, prend les sacs de sucre et s'en va en nous saluant. On se regarde tous, on se sent morveux alors qu'on a rien fait. Je tente de remonter le moral des troupes et surtout le mien.

– Qu'est-ce qu'il a de plus que nous ?

RG, pas dupe, appuie là où ça fait mal.

– Il a une carte visa donc un bon travail, il parle quatre langues dont l'Italien, il voyage beaucoup pour affaires – donc il a vu le monde entier.

– …

Mounir se laisse complètement embobiner.

– Ça peut être quelqu'un de bien pour Malika.

Je tressaille, mais je reste fixé sur Sami qui remonte dans sa voiture et s'en va, sans donner l'impression d'avoir mis les clefs dans le contact !

Franck Tabla entre dans le magasin, content de nous voir.

– Hé, vous avez vu le beau gosse en costard ?! Il a la même BM que nous !

RG me porte le coup de grâce.

– Ouais, sauf que lui, il l'a achetée tout seul.

9

Une profonde et immense lassitude me gagne quand je rentre chez moi. Il y a plein de poussière partout et le bruit du marteau-piqueur couvre la chanson du père et avouez que c'est le genre de scie qui tape sur le système. Ma mère, n'en pouvant plus, me saute dessus et me supplie d'aider mon père. Apparemment, il y a de la dispute dans l'air, le temps est à l'orage.

– J'peux pas, j'peux pas.

RG m'a donné le nom du restaurant où Malika a rendez-vous. Debout sur une échelle, le visage protégé par un masque, Kader casse le haut de la cheminée.

– Encore, tu pars ! Tu vois ton père, il travaille comme un hmar[6] pour vous, et toi, tu pars ! Comme tu fais rien de tes journées, travaille un peu ici !

Je lui réponds que ça sert à rien et qu'il vaudrait mieux qu'il se repose. Il prétend qu'il ne peut pas se reposer parce que je ne travaille pas, qu'il ne sait même pas ce que je veux faire de ma vie et qu'il serait temps que je me marie, ça m'ouvrirait les yeux sur le monde et Blablabla. Je soupire, j'ouvre le parapluie mental, j'attends que ça passe.

– Toi, je t'ai trouvé une place en or à la STIB ! T'as réussi la formation ! Tout le monde rêverait de

6. Âne.

cette place et toi, tu vas même pas aux rendez-vous ! Trois fois, que j'ai dû trouver une excuse ! Trois fois ! Demain, si tu veux, tu travailles !

Ma mère tente de le calmer :

– Safè[7] !

Il se tourne vers elle et lui parle de moi comme si je n'existais pas.

– Qu'est-ce qu'on va faire de lui ?! Il n'est même pas responsable, il ne sait rien faire ! Il ne sait même pas égorger un mouton !

– Alors, c'est le boucher qui va égorger !

– Et c'est le boucher qui va éduquer ses enfants ?! C'est le boucher qui va travailler pour Hassan !? On va tout miser sur le boucher ! Ça, c'est une bonne idée ! Rappelle-moi, demain matin, première heure, on fait un brainstorming avec le boucher sur l'avenir d'Hassan ! N'importe quoi ! Naïveté professionnelle !

J'suis dégoûté. Je suis sur le point de sortir quand mon père me hurle dessus.

– Non ! Aujourd'hui, tu sors pas, tu restes et tu vas m'aider, tu vas tenir l'échelle ! Moi, je casse la cheminée et toi, tu tiens l'échelle ! C'est pas compliqué !

Aïcha essaie de l'apaiser en proposant de le faire à ma place, ce qui énerve encore plus Kader qui se met à crier en descendant.

– NON ! C'EST PAS À TOI DE TENIR L'ÉCHELLE ! C'EST LE MONDE À L'ENVERS !

Il me tire brutalement par la veste. Tout se mélange dans ma tête : Malika, Sami, Jacques, les barons et c'est mon père que je repousse par réflexe, durement. Mon père heurte l'échelle. Je suis surpris par la violence du geste. Mon père aussi. D'un coup, il vieillit de 100 ans. Il me tourne le dos et remonte

7. Arrête, s'il te plaît !

les barreaux un à un. Pour lui, je n'existe plus. Je sors et je ferme la porte sur un silence qui me fait mal aux oreilles.

La route qui me sépare du haut de la ville est suffisante pour digérer la dispute. J'ai beau retourner le problème dans tous les sens, je ne vois pas pourquoi j'aiderais mon père à faire ses conneries. La vérité, c'est qu'il ne sait pas rester inactif. Après la cheminée, je suis certain qu'il trouvera autre chose. Et plus il me verra en mode baron, plus ça le rongera.

Je cherche le restaurant et comme je roule au ralenti dans ce quartier huppé, je vois plusieurs passants qui me dévisagent. Ils doivent certainement se dire que je suis en repérage pour un futur cambriolage.

Si un Cédric met un costume cravate, c'est un cadre. Et moi ? Je vais à un mariage !

Si Cédric porte un training et des baskets, c'est un sportif. Moi ? J'suis un voyou.

Et quand Cédric met des gants, c'est un mec qui a froid aux mains. Moi, j'suis un professionnel...

Pour une fois, j'ai du bol et je trouve une place exactement en face du restaurant. De là, je peux voir l'intérieur, observer Malika et ce bâtard de Sami. Ils en sont à l'apéritif. Calé dans la bagnole, je les observe. Ils sont souriants, ils ressemblent à des figurants pour une pub « Dans un cadre souriant, venez profiter des bienfaits de la nourriture italienne... » Putain, j'me fais déjà chier. Ils m'énervent avec leurs sourires. Je décide de changer leur dialogue en remplaçant leurs voix par la mienne.

– Alors chérie, que penses-tu de mon physique ?

– Ah, je pense que tu ressembles à une merde, un morphing entre Joey Starr et PPDA.

– Ah, vraiment, tu crois ?

– Mais bien sûr, je suis journaliste, c'est mon métier. D'ailleurs, tu vas voir : monsieur, monsieur !

Dans le restaurant, Malika appelle un serveur avec une carte de vin.

– Monsieur, monsieur, je voudrais savoir à quoi ressemble cet homme, enfin cette chose devant moi.

– À un trou du cul, madame !

– Vous êtes sûr ?

– Ben, regardez à la page 3, aucun doute là-dessus.

Le serveur désigne du doigt un vin sur la carte. Sami hoche la tête.

– Effectivement, c'est bien moi, je suis un trou du cul.

– Vous voyez ? C'est quand même le répertoire officiel édité chez Plon des trous de balle ambulants, édition 2006.

– Ah, je suis ravi, je tombe des nues, je suis un trou du cul. Heureusement que tu es là, chérie.

Une femme avec un chien passe dans la rue et me dévisage. J'vois bien qu'elle s'interroge. Je dois avoir l'air d'un truand, elle n'arrête pas de me regarder… Discrètement, j'ouvre la porte puis la claque d'un mouvement brusque. La femme sursaute, paniquée, et accélère le pas. J'me marre… puis j'me marre plus du tout.

Apparemment, j'ai loupé 3 saisons. Malika est en train de gueuler sur Sami, il devient menaçant. Putain, si tu lèves ta main, j'te jure, je viens et j'te concasse le crâne ! Sami jette sur la table quelques billets. Malika se redresse, prend l'argent et le lui balance à la gueule ! Tous les clients s'arrêtent de manger. Sami reprend son argent et part. Malika donne un coup de téléphone avec son portable. Elle sort prendre l'air, excédée. Je fais une rapide manœuvre et me mets en double file devant le restaurant. Je klaxonne et Malika m'aperçoit.

– Hassan?! Qu'est-ce que tu fais là?

– Eh quoi, j'ai pas le droit d'être dans un quartier de bourgeois!? Qu'est-ce que tu fais, tu rentres à la maison? Ben viens, je te dépose.

Malika monte à l'avant. Un peu faux-cul (mais faut bien que je fasse le mec qui vient de débarquer), je lui demande si elle a passé une bonne soirée. Elle me répond que non, bof, pas terrible et, pour maintenir une certaine dose de légèreté, je demande si c'est lié au repas. Elle secoue la tête, je la taquine et j'insiste pour savoir ce qu'elle a mangé. Elle soupire, fatiguée, alors je sors ma carte maîtresse et lui parle du mariage, «ça avance, c'est pour bientôt?»

D'abord surprise que je sois au courant, elle m'annonce que c'est annulé, qu'elle s'est trompée sur le gars, elle pensait qu'il était ouvert alors qu'il est fermé comme un taliban. Elle me regarde attentivement puis me demande comment je réagirais si elle m'annonçait qu'elle n'était pas vierge... Houla c'est chaud! De la buée apparaît sur le pare-brise de la voiture.

– Heuh... En tant que quoi?

– En tant qu'ami très proche, d'abord.

Stabilisation de la température.

Je prends une attitude féminine et je réponds que je lui aurais dit «vas-y, raconte, raconte...»

Malika sourit.

– Et en tant que mari?

Wouf! Grimpette du mercure! Je perds le contrôle du thermomètre, je sais plus si je suis en Celsius ou en Fahrenheit!

– Ça dépend à quel moment?

– Juste avant la nuit de noces.

– Ah, j't'aurais dit: «De toute façon, dans deux heures, je l'aurais su!»

Elle sourit! Je deviens sérieux, je sens qu'elle attend une réponse sincère alors je lui explique que je lui en aurais beaucoup voulu. C'est pour ça que les mariages, ça part souvent en couilles.

– Parce que tu vois, chez nous, une meuf, quand elle se marie avec un mec, elle voit son père en lui, elle voit son frère en lui, donc elle dit pas tout, elle a des secrets. Avant même la nuit de noces, il y a déjà deux tonnes de secrets. En tout cas, moi, si je trouve la femme de ma vie, avant de me marier, j'fais un grand brainstorming et on déballe tout! Comme ça, on part en confiance et on se sent tout frais. Donc, c'est pour ça que je t'en aurais voulu que tu me le dises que 2 heures avant!

Je suis flatté par la confiance qu'elle me fait et un peu triste aussi, comme si elle se confiait à un ami, rien d'autre.

– Pourquoi tu m'as raconté tout ça? Tu oublies pas que je suis le meilleur ami de ton frère?

– Peut-être parce que je crois que tu es quelqu'un de bien, tu n'es pas comme les autres.

Je ne dis plus rien. Ça veut dire quoi ça? Un compliment? Vraiment? Ça serait pas plutôt un truc du genre, «Au moins avec toi , Hassan je suis sûre qu'il y aura rien, jamais rien, avec la gueule que t'as, c'est juste pas possible, pense aux gosses, on peut pas leur faire ça… je t'aime… bien, même beaucoup. Comme un pote de mon frère.» Malika s'éloigne et revient sur ses pas.

– Au fait, Hassan, je ne suis pas vierge.

– Je sais, tu me l'as dit.

– Je suis capricorne.

C'est marrant cette histoire parce que moi je suis vierge ascendant taureau… Enfin bon, j'vais pas m'emmerder à faire des recherches pour voir si la vierge et le capricorne peuvent s'accorder, parce que si on commence avec ce genre de truc, on finit par bouffer des radis un soir de pleine lune, les yeux fermés, pour qu'il ne pleuve pas le jour de son mariage !

Je me gare dans ma rue, je coupe le moteur et je réfléchis… Je réfléchis que je réfléchis trop ! Ça me fatigue ! À travers le pare-brise, je vois de la lumière allumée au troisième étage. Je soupire, je préfère rentrer quand ils seront tous couchés. Je sors un lecteur DVD de la boîte à gants et je lance un film. Je ne parviens pas à me concentrer, je change de film. Mounir prend place dans la voiture. Il regarde un moment le film, sans vraiment s'intéresser.

– Toi, t'étais avec une fille.

J'ai comme une décharge d'adrénaline.

– … Heu, non, pourquoi ?!

– Ça sent le parfum… et en plus t'as mis ta ceinture de sécurité !

Ça, c'est le genre de phrase que je peux pas contrer. Comme un con, je déboucle ma ceinture en précisant que c'est pas fait exprès. Mounir ouvre une canette et, après avoir bu une gorgée, me la passe. Il aimerait bien que je lui raconte, mais j'suis bloqué. Forcément ! J'aperçois un gros nuage de poussière qui sort du troisième étage de la maison. Mounir me donne un coup de coude. Il se penche en avant pour mieux voir la rue.

– C'est pas ta sœur ?

Mon regard redescend. Raja, blanche comme un fantôme, perdue, en larmes, erre sur le trottoir. Je me précipite vers elle. Mounir me suit. Quand on arrive à sa hauteur, Raja fonce dans mes bras, incapable de parler. Son corps est couvert de poussière et de plâtre. Elle est secouée de spasmes. Elle hoquette. Je confie Raja à Mounir. Ma sœur hurle. Mounir la tient de force.

– Calme-la ! J'arrive !

Je me précipite vers la maison, je grimpe les escaliers à toute vitesse. Le nuage de poussière s'épaissit, j'en respire plein lorsque je débarque dans le salon. La cheminée, complètement effondrée, a entraîné dans sa chute une partie du sol et du mobilier du quatrième étage et, sous un tas de gravats, à moitié enseveli, le corps de ma mère. Rapidement, je la dégage. Ma mère, les paupières closes, chuchote quelque chose. « Ton père… ton père… » Mounir entre dans la pièce et je lui crie d'appeler une ambulance !

Je dégage ma mère des décombres. Elle est complètement sonnée, mais elle a l'air intacte. Pendant qu'elle reprend ses esprits, je déblaie un peu plus loin. Mounir prend ma mère dans ses bras et la rassure, Raja est chez la voisine. Plus près de la cheminée, j'écarte un gros tas de briques, je fouille comme un fou. Je dégage une jambe, une partie de bras, puis une main… Instinctivement, je la saisis. Les doigts s'agrippent brusquement à ma main. Je ne peux plus la lâcher. Avec l'autre main, je dégage le reste du corps, la tête de mon père apparaît. Ses yeux grand écarquillés fixent le vide. Le haut de son crâne est ouvert… Il croise mes yeux l'espace d'une seconde, et pourtant j'ai l'impression que le temps se dilate, qu'il est infini. Il me reconnaît, mais s'étonne que je sois là : « C'est toi mon fils ? »

Son esprit s'en va, il disparaît dans ses pupilles qui se rétractent. Je lui serre la main encore plus fort, je voudrais le retenir. J'ai peur. J'ai jamais été aussi proche de mon père. Un froid sidéral envahit mon corps, des larmes coulent le long de mes joues et s'écrasent lourdement sur la poussière…

Ma mère n'a que des lésions légères, elle dort dans une chambre. Des infirmiers l'ont calmée avec de puissants sédatifs. Elle se débattait, voulait rejoindre mon père aux urgences, mais ses jambes ne la supportaient plus. Dans le couloir de l'hôpital, j'attends avec Mounir, Lucien et Aziz. Même Franck Tabla est là. Et pourtant, je me sens seul. Raja ne veut pas quitter mes bras. Les barons sont là, ils me soutiennent, mais je suis seul. Mon père est toujours aux soins intensifs et on attend, en stand-by. Je me lève et me rapproche de la vitre qui me sépare de la salle des urgences. Je regarde le corps inanimé de mon père avec des tuyaux qui lui sortent de la bouche et du nez. Dans mon dos, les barons me rejoignent. C'est fini.

10

Oyez, oyez, oyez braves gens, écoutez la triste histoire d'Hassan le grand, l'intrépide troubadour frappé par le destin, ce jour maudit où une cheminée s'effondra sur son père…

… Qui va beaucoup mieux, hamdoulah[8], merci pour lui !

De ma vie, jamais je ne me suis levé aussi tôt. Je savais pas que 5h du matin existait, je croyais que c'était une légende. Je suis chaque fois surpris que, l'école terminée, les adultes conservent cette habitude sadique de se lever tôt le matin.

C'est William qui m'accueille dans le dépôt de bus. Il me montre comment remplir le bus d'air déprimé… enfin comprimé, c'est plutôt moi qui suis déprimé. Puisque mon père a été hospitalisé, je dois prendre mes responsabilités. C'est un autre truc qui me sidère ça, la responsabilité. Apparemment, c'est à ça qu'on reconnaît les hommes. Bon, je me concentre. William m'explique que le premier jour, ton premier client, c'est ce qui va définir le reste de ta vie au boulot. Tu tombes sur un chieur, ça va être dur, par contre si tu tombes… J'abrège l'histoire, mon père me l'a déjà racontée.

8. Grâce à Dieu.

Normalement, les premières fois, c'est toujours un peu excitant, et bien là, non. C'est ma première journée en tant que chauffeur de bus et je ne sens rien. J'suis pas stressé, j'aimerais juste que ça passe. C'est bien la STIB, dans la vie, il faut de la STIB, c'est juste que c'est pas mon truc. Je paierais une fortune pour un médicament qui s'appellerait Ellipse et qui compresserait le temps comme l'air dans les bus, de sorte que quand vous avez un truc chiant à faire, hop, une petite pilule d'Ellipse et c'est fait, vous vous retrouvez le soir avec le truc derrière vous. Je suis certain que ça marcherait du tonnerre. La terre entière serait sous Ellipse.

Je monte dans la petite cabine de chauffeur. Je regarde bien, et j'évite de penser que c'est dans cette cabine que je vais passer le reste de ma vie. J'essaie de faire connaissance avec les éléments, le siège est à ma taille, le volant se glisse sous mes mains, du sur mesure ! Ce bus a été conçu pour mon corps et il va s'adapter à l'excès pondéral qui s'annonce ! Je vérifie les ouvertures de porte et je croise mon reflet dans le rétroviseur. J'appuie sur l'accélérateur, je pourrais être dans un film d'action sauf que je suis dans un bus. Il est 5 heures du matin, il n'y aura pas d'action ou alors peut-être un client qui va m'engueuler parce que j'aurai trois minutes de retard. Et là, fondu au noir, to be continued… William m'appelle et sort un appareil photo de sa poche.

– Hassan ! Hassan ! Un petit sourire !

– Quoi ?

– C'est une coutume chez nous, le premier jour, on prend toujours une photo !

Je soupire, mais je prends la pose, faut bien donner le change.

– Tu verras, tu me remercieras dans 35 ans !

– Quoi ?!

Flash ! Je crois que c'est la pire photo dans toutes les archives de la STIB.

Je sors de l'entrepôt qui est en périphérie et je gagne peu à peu le centre de la ville qui s'éveille. De ma vie, j'avais jamais payé un ticket de bus ! Je venais de passer du statut de fraudeur à celui de chauffeur. Oh putain ! Ça c'est un raccourci qui fait mal.

Les premiers abribus que je croise sont totalement vides. Mais je m'arrête, j'ouvre les portes arrière pour faire descendre mes passagers fantômes et les portes avant pour faire monter les clients invisibles… Ça me donne envie de trouver un rythme avec le bruit de pression des deux portes : pschh pschh clac, pschhh pschh clac, je me dis que ça ferait un chouette début pour un rap. Tout ça me distrait. T'as l'impression d'avoir gagné trois heures alors qu'il y a à peine 4 minutes 32 secondes de passées… 34 secondes, 35 secondes, 36 secondes… Je sens que ça va être dur.

Nouvel abribus vide, pourquoi je me suis levé si tôt ?! J'ouvre les portes et cette fois, j'ai l'impression que c'est le bus tout entier qui soupire avec moi, pscchhh…

Plus loin, j'aperçois ma première cliente. J'crois pas trop à l'histoire de William, mais je peux pas m'empêcher de la regarder monter dans le bus.

Mais je la connais ! C'est Milouda, la cousine de Hind ! Elle me calcule même pas et, d'un geste automatique, me montre son abonnement. Elle s'installe à la moitié du bus, pose son visage contre la vitre et ferme les yeux. Je l'observe via le rétroviseur et je me surprends à la trouver belle. D'autres clients, des ouvriers, des femmes de ménage montent. Le bus se remplit. Milouda s'est endormie. À un arrêt, je traverse le bus pour régler un problème de porte (je dois avoir trop joué avec) et j'en profite pour m'approcher d'elle. Je la regarde et je l'appelle doucement. Milouda ouvre à moitié ses beaux yeux marron. Je lui signale qu'elle s'est endormie et lui demande où elle doit descendre.

– À l'arrêt Constellations.

– OK, rendors-toi, je te réveillerai.

Elle me remercie doucement, presque pour elle-même, et replonge dans le sommeil. Je reprends le volant. Milouda ne parvient plus à fermer les yeux. Elle m'observe via le rétroviseur. En voyant son expression, je comprends qu'elle fouille sa mémoire à la recherche de mon nom, elle a déjà vu mon visage, mais où ? Forcément, nos regards se croisent. Le bus traverse le quartier, arrive à l'arrêt Constellations. Milouda se lève en souriant, et au lieu de sortir par l'arrière, elle passe par l'avant. Les portes s'ouvrent. Elle me regarde franchement avec ses grands yeux plein de mascara.

– Bonne journée Hassan.

– Bonne journée Milouda.

Il y a une chose dont je me rends compte dès le premier jour. Je pensais qu'en roulant, qu'en faisant le même trajet 6 ou 7 fois par jour, je pourrais écrire des sketchs dans ma tête. Mais là, je réalise que c'est difficile de réfléchir dans une boîte en fer, même si celle-ci a la taille d'un bus. Je sais pas si c'est la boîte ou le fer, mais plus le bus roule, plus j'ai l'impression que mon cerveau se transforme, je deviens agressif, j'suis sur le vif, j'ai envie de distribuer des gifles. Je mute. C'est un truc de fou, la circulation. Tout le monde veut arriver avant toi, alors qu'on n'a pas la même destination. Le mec, il t'engueule parce que t'aurais pu passer le rouge en accélérant à l'orange. T'imagines, il t'engueule alors que t'as respecté la loi ! Même une belle femme, au volant, elle devient moche. On est tous des animaux, la priorité de droite, c'est juste une affaire de territoire ! Un truc primitif ! Comme un reptile dans la jungle. On se transforme en iguane, dinosaure et compagnie !

À la pause, je retrouve mon père à l'hôpital avec mon cerveau reptilien assoupi sur le cervelet.

Quand j'entre dans la chambre, je tombe sur Malika et ma mère. Je m'attendais pas à croiser Malika, et ça me fait un peu suer qu'elle me voie dans mon habit de chauffeur. Instinctivement, je me mets sur la défensive grâce à mon cerveau reptilien en mode veille. On se salue poliment. Mon père est tout sourire, il en fait des tonnes, dit que je suis sa fierté et que l'uniforme me va super bien. Malika acquiesce, pleine de compréhension. À ses côtés, sur la table de chevet, la photo de William, avec ma tronche jusque par terre, est déjà là. Mon père me fait un clin d'œil en me disant qu'il a ses sources et ses réseaux, top secret. Toujours aussi démonstratif, il explique à Malika que suis en service coupé, c'est-à-dire que je commence à 5h45 jusqu'à 11h, après j'ai 3h de pause et que reprends de 14h à 18h. Au début, c'est dur, mais il paraît qu'on s'habitue. J'y crois pas deux secondes.

Malika m'observe. Je fais le mort.

Je demande à mon père comment il se sent. Il tousse un nuage de poussière, mais d'après les services compétents, tout va bien, c'est normal. Malika ne me quitte pas des yeux. Un silence un peu gênant s'installe. Ma mère nous regarde alternativement, moi puis Malika. J'invite la star du quartier à prendre un café avec le chauffeur de bus que je suis.

Il manque une chaise dans la cafétéria et le serveur se propose de m'en trouver une. Malika s'assied et je reste debout. Je ne sais pas comment la regarder parce que dans sa position, je la domine, alors que je ressens exactement le contraire, c'est moi le vaincu. Je lui demande comment elle va, ce qu'elle fait ces jours-ci. Elle me répond « la routine » alors que je sais qu'elle revient d'Afghanistan.

– Non, non, la routine c'est moi.

Elle capte pas l'humour et me regarde avec de la compassion, me dit que c'est pas comme ça que je dois le prendre.

– Et comment je dois le prendre ? J'ai toujours voulu faire rire et maintenant c'est ma vie qui est une blague !

Le serveur, jovial, nous interrompt. Il pousse un fauteuil roulant qu'il m'offre en s'excusant, il n'a rien trouvé d'autre.

– Vous inquiétez pas, j'ai l'habitude. Pour l'instant, il y a comme une grosse vanne qui s'abat sur ma vie.

Après avoir pris la commande, le serveur nous laisse dans un silence un peu tendu. Malika me félicite sur mon attitude après l'accident, le fait que j'ai assumé, que j'ai réagi en adulte, elle trouve ça admirable. Je supporte pas ce genre de compliment et mon cerveau reptilien réagit au quart de tour.

– Quoi, c'est touchant, c'est ça ?! J'suis un mec touchant ?! Arrête avec ta pitié, c'est bon !

– C'est quoi ton problème, là, je ne comprends pas ! Je suis sincère !

– Arrête tes conneries, Malika ! Pas besoin de ta pitié !...

Malika ne comprend pas. Le serveur revient avec les boissons et l'addition. Malika sort un billet de 50 euros de son sac. Je l'arrête, lui dis que c'est moi qui paie. Elle me sourit avec légèreté, billet en main.

– Non, non, trop tard…

Je hausse le ton : « Non, c'est moi qui paie ! » Je rejoins la communauté des insupportables de la circulation en heure de pointe.

– C'est parce que je suis chauffeur que je peux pas payer, c'est ça ?!

– N'importe quoi ! À mon tour de dire n'importe quoi : c'est parce que je suis une femme que je ne peux pas payer ?!

– Ben ouais, Malika ! Une femme, quand elle est avec son mec, elle paie pas !

Le visage de Malika s'éclaire soudainement. Je ne me rends pas compte de ce que je viens de dire. Elle me demande de répéter. Répéter quoi ? Une femme elle paie pas ?

– Non, Hassan, mais redis-moi exactement ce que tu viens de dire !

Je suis fatigué, j'ai pas envie de chercher, je laisse tomber.

– Non, ok, t'as raison, j'ai dit une connerie ! T'as le droit de payer ! Égalité des sexes, bla bla bla. Paie !

Malika se lève et me fusille du regard.

– Tu ne comprends rien et tu n'as jamais rien compris ! Je pensais que tu étais un mec ouvert, mais en fait tu es bouché ! Tu ne comprends pas ou tu le fais exprès ! Tu voulais payer ? Ben vas-y, fais-toi plaisir, paie !

Elle s'en va, furieuse. J'ai rien compris.

Je fais une marche arrière avec mon fauteuil d'handicapé, prêt à rouler comme un fou pour la rattraper, puis je renonce. C'est ridicule. Je me lève.

Ma journée de travail se termine et je suis complètement vanné. Il n'y a personne sur les étalages de Lucien.

Je trouve Aziz un peu plus loin et il râle sec. Il m'explique qu'il s'est fâché définitivement avec Lucien, qu'il ne veut plus le voir. En gros, il a eu un énorme choc en découvrant l'affiche de mise en vente du magasin. Il a été trouver Lucien pour essayer de comprendre pourquoi il veut remettre son commerce et surtout pourquoi il ne lui a rien dit.

Ces deux-là sont pareils, je vous l'ai déjà dit, ils se ressemblent, deux siamois qui se mordent sans se faire mal. Sauf qu'aujourd'hui, c'est allé plus loin. Lucien, un peu sarcastique, lui a demandé ce que la vente va changer dans sa vie puisqu'Aziz est un baron et que le monde entier les envie. Aziz n'a pas lâché le steak et lui a dit qu'il aurait pu au moins lui en parler et quand il a eu juré sur la tête de sa mère qu'il n'a pas vu l'affiche placée depuis des semaines, Lucien a ajouté la phrase qui tue et qui a déclenché les hostilités : « Des gens comme toi sont au-dessus des lois ! » Tout de suite, Aziz s'est senti attaqué et a réagi direct. Droit dans les yeux, il a balancé à Lucien que « Le racisme, c'est comme le cancer, à un moment, il faut que ça se déclare ! » Lucien, pris à la gorge, l'a foutu dehors en hurlant « C'est comme ça que tu me vois ?! C'est comme ça que tu me vois ?! »

On reste là, un moment, sans parler. Je sais pas quoi dire à Aziz. Franck Tabla, qui a un sens aigu du timing, pointe le bout de son nez.

– Vous avez vu ? Lucien, il va remettre son commerce !

On acquiesce silencieusement. Franck, qui n'en loupe pas une, poursuit.

– C’est con, il devrait le vendre, non ? Il se ferait plus de fric !

Il remonte fièrement le haut de son training trop court au-dessus de ses mocassins ! Aziz est fatigué, il s’en va et je le suis. Franck ne comprend pas, voudrait qu’on lui explique, qu’on lui parle, enfin, qu’on lui montre un peu de respect. Chacun rentre chez soi.

11

Sans que je m'en aperçoive, les journées et les semaines défilent, identiques comme les abribus. Je me lève à l'aube quand Mounir se couche, je croise ma mère dans la cuisine, elle m'embrasse et me fait des tartines qu'elle met dans ma sacoche.

À l'arrêt Ribaucourt, Milouda monte, me donne un sandwich et un thermos. Je lui cache mes tartines et je la remercie. Je roule toute la journée avec des bus bourrés à craquer, pleins, à moitié vides, vides et je fais copain-copain avec mon cerveau reptilien. Je m'énerve dans les embouteillages, j'engueule les voitures en double file et tourne sur mon volant pendant que Mounir chasse un droit à un rond point et qu'Aziz gravite autour du magasin de Lucien.

Et le soir, quand je rentre chez moi, j'ai mal au coude. Parfois je vois les barons avec Franck dans la BM en train de mater un DVD, j'les vois rigoler, avoir du bon temps que je n'ai plus.

Et tous les jours c'est pareil, seules les saisons changent, j'ouvre les portes à Milouda, qui m'ouvre son cœur, me parle de choses que je ne comprends pas, mais que ses yeux font vibrer comme des notes de musique. J'm'en fous, elle est belle. Son regard sur moi a changé, il est doux et aussi accueillant qu'un salon en cuir avec une table basse, des petits gâteaux et un écran plasma full HD. Je me sens à l'aise avec elle.

De fil en aiguille, nos deux familles se rapprochent et on se retrouve tout naturellement dans le salon de ses parents, avec mon père et ma mère et les paquets de sucre sur la table basse, à côté des petits gâteaux. Milouda me sert une tasse de thé, je le goûte, le fais rouler dans ma bouche et lui fais signe qu'elle peut servir tout le monde. Elle s'assied à mes côtés, pose sa main sur la mienne, mon père me fait un clin d'œil complice pendant que derrière lui, sur l'écran plasma full HD, Malika présente le journal du soir. Milouda prend la zappette et éteint la télé. Au moins maintenant, c'est clair.

Il y a un truc qui me gratte, mais je sais pas très bien où.

C'est ce que je ressens dans la chambre transformée en salon réservé aux hommes à l'occasion de mes fiançailles. Jusque-là tout allait bien, mais plus ça se précise, plus je sens ce truc qui me gratte, j'sais pas où. Aujourd'hui, j'me suis réveillé avec ce truc et la sensation a augmenté quand ma mère m'a enrubanné les mains couvertes de henné.

J'suis pas mort mais, bizarrement, c'est comme si je me voyais de l'extérieur, étranger parmi tous ces hommes assis par terre sur des matelas. Les vieux d'un côté, autour de mon père, et les jeunes de l'autre côté, autour de moi. J'me vois sourire, discuter, j'ai pas l'impression d'être là, et pourtant ce truc qui me gratte me signale que je suis bien présent, que ce sont Mes Fiancailles.

Lucien et Franck sont là aussi, souriants. Surtout Franck. On discute tout en mangeant. Mounir, mal à l'aise, sent que son père parle de lui. Kader rassure son paternel en lui affirmant qu'inch'Allah, ce sera Mounir le prochain. Le père en doute, c'est Mounir le plus vieux, c'est lui qui devait se marier en premier ! Kader essaie de calmer le jeu.

– Crise d'adolescence !

Ça énerve le père de Mounir.

– Hein ?! Crise d'adolescence, à 28 ans ?! Il a bientôt l'âge des crises cardiaques !

Les vieux rigolent, l'Imam venu officialiser religieusement les fiançailles entame une série de prières pour ma vie future, chaque fois ponctuée par un Emin[9] à l'unisson. On se signe. Le père de Mounir demande quelques prières pour son fils, on se signe tous et Franck ponctue le geste en serrant les poings, j'peux presque l'entendre dire yes ! j'y suis arrivé, je suis comme eux !

Aziz se marre. Putain, ce truc qui me gratte ne passe pas ! J'essaie de le chasser en buvant au robinet dans la cuisine. Je pourrais boire toute l'eau de la ville et du Nil ! Je croise le regard de Mounir qui me fixe avec amertume. Je me redresse. Je sais qu'il est contre ces fiançailles.

– De toute façon, t'es borné, tu veux rien savoir. T'as passé le cap du henné, c'est sacré le henné, ça veut dire que pendant 30 jours, tu ne te touches pas !

Je proteste, elle est bien Milouda, on va faire notre vie ensemble alors je lui demande de respecter ça.

– Ouais, pour le meilleur et pour le pire !

– Putain, tu vas me faire chier jusqu'à ce que la mort nous sépare c'est ça ? Soutiens-moi au lieu de me casser !

Aziz, en pleine forme, déboule dans la cuisine en rapportant les restes du repas des hommes.

9. Équivalent du Amen.

– Ah, elle est belle Milouda ! Vraiment belle ! En plus, c'est une chouette fille ! Vraiment le top !

Triomphant, je me tourne vers Mounir. C'est bon d'avoir des amis qui vous supportent. Aziz dépose les plateaux et continue.

– Elle est pas du tout faite pour toi, Hassan, vous allez pas du tout ensemble, mais c'est vraiment une gentille fille !

Oh non, il va pas s'y mettre lui aussi ! Je le regarde avec des grands yeux.

– Ben oui, t'as déjà essayé de charger un GSM Nokia avec un chargeur Ericcson ?! T'as l'impression que ça marche, mais en fait il y a rien qui passe ! C'est incompatible ! Il y a pas moyen, le courant passe pas ! Tu pourras rien y faire !

Je remets ma tête sous l'eau, j'ai envie de me noyer dans l'évier.

Mounir et Aziz sortent monter les fruits aux vieux.

Je reste seul un moment. Je réfléchis à cette histoire de chargeur et je lui règle son compte, un bon petit coup de soudure et tu peux tout combiner avec n'importe quoi si tu veux. J'évacue la théorie d'Aziz, je la réduis à un seul mot : connerie ! Comme si on pouvait pas mélanger les pommes et les poires, les moutons et les cochons ? Mon père entre et me serre les épaules, il est fier de moi. Enfin. Je le remercie, j'ai le soutien des vieux, pas celui des jeunes, c'est déjà ça. Ses yeux pétillent de bonheur.

– Regarde : maintenant tu travailles, tu as les congés payés, les chèques repas, le treizième mois et le pécule de vacances anticipé ! Aujourd'hui, tu es fiancé, bientôt tu te maries, et très bientôt, j'suis grand Pierre !

– Grand-père ! Papa, grand-père !

– C'est pas grave.

J'entends le chant des femmes de l'autre côté. Kader me pousse à les rejoindre.

– Vas-y mon fils, fais pas attendre ta femme !

– Ma fiancée ! Kader me pousse en souriant.

– Taaa feeemme, j'te dis !

Raja m'intercepte sur le chemin et me dit qu'il y a quelqu'un en bas qui veut absolument me voir, mais ne peut pas rester. En arrivant devant la porte d'entrée, je ralentis mes pas. J'avais pas l'impression d'être là, mais sur le coup, je suis bien là, totalement réincarné. C'est Malika… elle est venue avec un cadeau. Elle me sourit avec cet air grave et j'entends à nouveau les fameux oiseaux qui battent des ailes au fond de mon cœur. Sauf que cette fois, je ne veux plus les entendre et je bloque ma respiration pour les priver d'oxygène. Elle me félicite, m'adresse tous ses vœux de bonheur. Je rebloque ma respiration, je n'entends plus rien. Pas le moindre pépiement.

– … Alors, c'est fini ?

J'suis surpris ! Elle peut pas être au courant pour les oiseaux, c'est pas possible !

-Quoi ?! Fini quoi ?…

Elle me dévisage et me laisse mariner. Je cherche.

– Tu veux dire : les barons, la glande tout ça ?

– Ben oui, comme tu dis. Tout ça. Maintenant tu es heureux, tu es avec une femme super belle, super intelligente, tu fais le même métier que ton père, t'es amoureux, tu es en passe de réussir ta vie Hassan…

Je sais pas quoi lui répondre. Chaque mot qu'elle prononce me fait mal. Milouda apparaît derrière moi, je sursaute. Elle embrasse Malika et pose sa tête sur mon épaule. Malika lui demande si elle est heureuse, Milouda me serre par la taille.

– Le bonheur ! Mon mari travaille, il est gentil avec moi, il est beau, voilà qu'est-ce que tu veux de plus ?

– C'est exactement ce que j'étais en train de dire à Hassan…

Malika me regarde, elle attend que je dise quelque chose.

Milouda prend le cadeau des bras de Malika d'un geste sec et l'invite à entrer, on va bientôt manger.

– Non, là franchement, je n'ai pas le temps, un taxi m'attend.

Milouda me demande d'insister pour qu'elle reste, mais je n'en ai ni la force ni l'envie. Elle peut pas, elle peut pas ! Elle sait ce qu'elle fait ! Avant de partir, Malika nous dit qu'on forme un très beau couple et demande à Milouda son signe astrologique. Le taxi klaxonne.

– Cancer, pourquoi ?

Je frémis. Et le truc qui me grattait me regratte à fond.

– Pour rien. Tous mes vœux de bonheur. Excellente soirée !

Elle monte dans le taxi. On retourne au salon et je suis totalement vidé. Sur les marches, Milouda soupèse le cadeau et me demande, pleine d'espoir, si c'est une friteuse. Je la laisse rejoindre les autres, déballer sa friteuse et je reste un moment sur le palier.

Par la fenêtre, je vois les feux arrière du taxi s'allumer au bout de la rue. Malika sort et la voiture repart. Elle reste debout au milieu de la route et penche la tête en arrière, comme pour inspirer un grand coup. Elle se tourne vers moi. Je m'écarte de la fenêtre.

Le lendemain, c'est dimanche, je me balade au marché avec Milouda. J'suis dans le petit train-train de la vie et je m'arrête à toutes les gares, sauf qu'elles sont espacées de 50 centimètres. Chaque étalage porte son propre nom de gare : « Chez Hamid, textile presque gratuit ! », « Olives à 4 couleurs des 4 coins du monde » avec autant de fautes d'orthographe que de lettres. Sous les cageots, un vendeur ouvre un tiroir rempli de DVD. Je lui demande ce qu'il a comme nouveauté et le vendeur me sort un disque de sa poche intérieure.

– J'ai *Caraïbes en pirate* ! Merde, chaque fois je me trompe !

Il me dit de me rapprocher pour parler plus discrètement.

– J'ai *Pirates des Caraïbes*, EN pirate !

– C'est bon je le prends. Et ça, c'est le dernier film d'Amenabar ?

Milouda me questionne sur le film, je lui réponds que c'est un film fantastique. Elle me demande si je l'ai vu et je lui réponds non.

– Ben alors, pourquoi tu dis qu'il est fantastique ? Il peut être chouette, il peut être très bien, mais de là à dire qu'il est fantastique sans même l'avoir vu, Hassan, s'il te plaît !

Je lui souris tendrement, j'adore sa fraîcheur, sa naïveté, de la naïveté vraie, de la naïveté professionnelle... Houla, faut que je fasse gaffe moi, voilà que je me mets à penser comme mon père !

On poursuit notre balade lorsque je vois Mounir avec deux grands sacs remplis de menthe et de persil. Je suis surpris.

– Tu fais des courses toi ?

– Une fois par an pour prouver à ma mère que je fais des efforts.

– Ben heureusement que je te croise !

– Ben c'est toi qui as disparu, moi j'bouge pas !

Milouda s'impatiente, elle me regarde avec des yeux qui veulent dire « On y va maintenant, on y va ! »

– Et Aziz, ça s'est arrangé avec Lucien ?

– Oulah, j'te confirme que ça fait longtemps qu'on s'est pas vus, ça s'est réglé autour d'un jarret de porc.

– Quoi ?!

C'est ça le problème de Mounir. Je vous avais dit qu'il sait pas raconter des histoires. Je vais le faire moi sinon on va gaspiller deux pages pour rien. Chacun son métier, on demande pas à un cordonnier de faire des clefs ? Si ? 'fin ouais en fait… 'fin bref vous m'avez compris. Voilà l'histoire. Ça faisait déjà un petit moment qu'Aziz et Lucien ne se parlaient plus du tout, même pas un mot. Mais Aziz attendait une occasion pour renouer le contact. Donc, il y a une semaine, il voit que le magasin est vide, il sent les premières gouttes de pluie sur son visage. Les cageots de pommes sont sans protection et il décide de les rentrer. Lucien prépare sa tambouille au fond du magasin et observe le manège d'Aziz.

– J'ai rentré les pommes, pour pas qu'elles pourrissent.

Lucien ne répond pas. Madame Thérèse, une cliente habituelle, entre dans l'épicerie et s'inquiète de l'absence de Lucien. Aziz la rassure et lui dit qu'il va la servir.

– Il n'y a pas de prix dans les ananas, là.

Il appelle Lucien et demande le prix. Pas de réponse. Madame Thérèse se sent un peu mal à l'aise. Aziz insiste. Rien, silence radio. Lucien boude comme un gamin. Si c'est comme ça, Aziz va un peu jouer avec ses nerfs. Il parle plus fort, histoire que Lucien l'entende bien.

– ÇA FERA 40 CENTIMES MADAME.

La réaction de Lucien est immédiate.

– 2 euros 50 !

Aziz sourit, mais poursuit le jeu.

– 40 centimes, madame, 2 pièces de 20 centimes me suffiront.

Lucien sort sa tête et grommelle.

– Aziz !! 2 euros 50, les ananas !

Aziz demande à la cliente si elle a entendu une voix. Madame Thérèse roule de gros yeux et profite de la combine. Il encaisse les 40 cents, salue la cliente et s'étire les bras derrière le comptoir.

– On se sent bien dans ce magasin, à part la déco, qui pue un peu…

Lucien réagit du tac au tac.

– … Ou alors l'arabe derrière la caisse enregistreuse qui fait tache…

Aziz ouvre le frigo et prend un orangina.

– Dis-moi, Lucien, tu ne pourrais pas venir deux secondes avec ta maladie d'Alzheimer, parce que ma pulpe, elle reste en bas.

– Parkinson, Aziz, Parkinson ! Et déjà, j'l'ai pas ! Je tremble parce que je me retiens d'envoyer mon poing dans ta gueule.

– Pourquoi toujours la violence ?

– Ta gueule !

– Pourquoi tant de vulgarité ? Le monde est assez noir, Lucien.

Le repas de Lucien est presque prêt, il demande à Aziz de lui apporter un peu de sel. Aziz se dit que c'est gagné, chope le sel sur l'étagère. Lucien touille sa tambouille. Ça a l'air bon, Aziz lui demande s'il peut goûter.

– Vas-y, fais comme chez toi.

Tout en mangeant, il s'excuse auprès de Lucien et reconnaît qu'il a déconné. Lucien hoche la tête et le ressert. Aziz le remercie, ce repas c'est leur calumet de la paix.

– C'est bon, c'est quoi ?

– Du porc.

– Nooooon ! Pourquoi tu me l'as dit ?!

– Tu veux un verre de vin pour faire passer ?

– Mais qu'est-ce que t'as fait ?! Mais, je vais griller en enfer, Lucien !

Lucien sourit. Aziz ne tient plus en place, se frappe la poitrine, pour essayer de faire sortir le morceau. Il veut que Lucien fasse quelque chose, qu'il se rende utile, qu'il appelle le centre antipoison !

– Et je vais leur dire quoi ?! Un musulman vient de manger du porc, ramenez la réanimation !?

– Et il se fout de ma gueule !

Aziz regarde comme un fou dans le magasin.

– Du white spirit ! Il me faut du white spirit !

Il s'assied par terre, suffoquant. Il respire du white spirit et renonce, se couche comme un soldat grièvement blessé et fait signe à Lucien de s'approcher, il doit lui dire quelque chose. Lucien se penche.

– Aaaaaaah ! Lucien… J'ai envie de reprendre ton magasin.

Lucien sourit et lui donne une petite claque amicale.

L'histoire n'intéresse pas du tout Milouda qui tient absolument à me montrer un lampadaire pour notre futur salon. Et puis elle a quelque chose d'important à me dire. Je m'excuse auprès de Mounir qui secoue la tête.

– Pas de problème monsieur Ericcson, va rejoindre Nokia.

– Vas-y, t'es lourd ! On essaie de se voir ?

– Ben ouais, vas-y, essaie.

On s'éloigne et je sens le regard dépité de Mounir dans mon dos. Milouda se colle un peu plus, toute contente de se montrer en couple avec moi.

– Tu sais, Hassan, je me sens en sécurité avec toi ! Je suis fière de ta réussite.

– Tu crois ?! J'sais pas, chauffeur de bus, c'est pas…

– Attends, ça ce sont les envieux qui disent ça ! On ne confie pas un engin de 5 millions à n'importe qui, tu sais !

Ça fait du bien d'être flatté, d'être aimé. Avec elle j'ai l'impression d'être un pilote d'Airbus et que je fais les lignes importantes, Paris-New York sauf que je fais Molenbeek-Molenbeek en bus.

– Et puis, si je peux te donner un conseil : fais tout pour devenir délégué syndical ! Comme ça, après, ils ne peuvent plus te virer !

– Et si je te disais que chauffeur de bus, ça n'a jamais été mon rêve !

– Mais c'est normal ! On a tous des rêves, mais bon, à un moment, la réalité te rattrape. Moi par exemple, quand j'étais petite, je rêvais d'être chanteuse, faire l'Olympia, le Zénith, la célébrité !

Je suis étonné. Milouda chanteuse, artiste ? L'idée d'une collaboration artistique m'effleure un dixième de seconde. Elle poursuit.

– Puis, j'ai eu un deuxième rêve, plus proche de moi : je rêvais d'être vendeuse dans un magasin de cosmétiques pour avoir des prix toute l'année et faire faire des économies à mon futur mari !Et devine quel job je viens d'obtenir ce matin ?

– Vendeuse dans un magasin de cosmétiques ?

– Exactement ! J'ai réalisé mon rêve !

Elle est radieuse. Comment je dois réagir ? On doit aller fêter ça ?

– Je suis fier de toi.

En marchant, je me dis qu'on tient là un fameux concept: adapter ses rêves à la réalité. Faudrait le breveter.

J'sais pas si c'est l'ironie de l'histoire ou celle de Malika qui fait que le lendemain, une équipe télé me filme pour un sujet autour des bus écologiques.

Je me retrouve le soir avec Milouda et ma famille devant la télé à attendre le reportage. J'ai déjà vécu cette scène, l'histoire se répète, c'est tout aussi désagréable, mais pour une raison que je ne m'explique pas tout à fait. Malika présente le journal alors que mon père est agenouillé près du magnétoscope, le cul pointé dans notre direction, prêt à enregistrer mon moment de gloire. Je baisse la tête, ils sont tous surexcités.

Malika termine le chapitre judiciaire, « d'après le parquet, il y aurait deux morts au cyanure. » Après un petit moment de réflexion, Milouda me demande « c'est où le cyanure ? » Derrière elle, un cadre se détache du mur et tombe par terre. Je suis aussi abasourdi que le cadre. Je regarde Milouda, et tout à coup, je me rends compte qu'elle est très, très, très loin…

Mon père nous demande de nous taire, ça va commencer. Malika annonce le sujet. Tout de suite, ma mère, ma sœur et Milouda poussent des petits youyou d'excitation. Kader appuie sur la touche REC, et je me vois.

C'est moi, ça ? Au bas de l'écran, en incrustation, je lis mon nom et ma fonction. Dans la salle à manger, les femmes sont hystériques. Kader, tout fier, montre du doigt l'incrustation « chauffeur de bus ».

À l'image, je suis souriant, j'explique que je suis

pour ce genre d'initiative, si on peut sauver la planète avec mon bus, je dis oui enfin en tout cas je dis pas non. Putain, même là j'me mouille pas ! Milouda me caresse l'avant-bras. Mes poils se redressent.

– Qu'est-ce qu'il parle bien mon Hassan !

La journaliste poursuit et me pose une question ridicule du genre « est-ce que vous pensez qu'il en faudrait plus sur Bruxelles ? » Je me lance dans un raisonnement super intelligent comme quoi il en faudrait dans le monde entier parce que plus il y aura de bus écologiques, plus on pourra sauver rapidement la planète… C'est mathématique. Les portes du bus se referment sur mon sourire, j'ai l'air content de moi. Le bus s'éloigne au soleil couchant pour sauver le monde. La honte. Le visage de Malika réapparaît sous les youyous des trois femmes. L'espace d'une seconde, j'ai l'impression qu'elle me regarde et qu'elle est triste.

– Culture à présent !

Kader, joyeux, se retourne tout sourire, alors qu'un acteur de théâtre apparaît sur l'écran.

– On rebobine ? Les trois femmes autour de moi hurlent « ouiiiiiii » !

L'image de l'acteur disparaît et je vois le bus revenir en marche arrière, les portes s'ouvrir, mon sourire… Ma vie défile à l'envers, à toute vitesse, tout s'embrouille et j'arrive pas à piger tous les enchaînements qui me mènent jusqu'à la veille de mon mariage où je tire une tête d'enterrement.

12

La maison est bourrée comme un bus à l'heure de pointe. Toute la famille est réunie, mais je vois pas les barons. Je les cherche, reçois les félicitations d'un oncle et je me fraye un passage vers l'entrée. Les barons sont là, ils boivent le thé adossés contre la façade… Je leur demande pourquoi ils ne rentrent pas et Mounir me répond sans me regarder que c'est lourd, qu'il n'y a que des vieux à l'intérieur. Franck arrive et se plaint d'une douleur intercostale. Tout le monde s'en fout. Aziz cherche à dégeler l'ambiance et me demande si je suis prêt pour le grand jour. Je me tais.

– Quoi ?! Tu doutes ?

– … Comme tout le monde, c'est normal…

– Ben décide-toi vite, parce que tu te maries dans moins de 8 heures !

Franck Tabla me dévisage, soudain effrayé par la situation.

– Oh, putain ! C'est chaud ! J'aimerais pas être à ta place ! T'imagines la fam…

Aziz le coupe et me rappelle ce qu'on faisait quand on était petits et qu'on avait un problème. Je vois très bien ce dont il parle. On courait les mains dans le dos en sautant sur une jambe et puis l'autre. On se vidait la tête et après on réfléchissait. Ce souvenir m'arrache un sourire. Le seul de la semaine.

– … L'antilope joyeuse…

Je me redresse, j'veux refaire ce truc !

Aziz est prêt. Mounir traîne un peu la patte parce qu'il vient d'avaler un dürum mais on se met tous en ligne, au milieu de la route, les mains derrière le dos. On gratte le macadam avec nos Air-Max comme si c'étaient des sabots. Franck Tabla voudrait savoir ce que c'est l'antilope joyeuse, parce que là on ressemble plus à des taureaux, on ne l'entend déjà plus et on court… On fait des bonds, sur une jambe, puis sur l'autre, le cou tendu en avant, et plus je cours et je saute, plus ça me fait du bien. On est sans doute ridicules à faire des sauts d'enfant, mais on s'en tape, on se reconnecte à un truc très précieux au fond de nous. Tout redevient léger, il n'y a plus rien de grave et on quitte pour un moment le plancher des vaches, nos pas ne sont plus débités de notre crédit…

On arrive en nage dans le quartier nord de la ville et on s'allonge sur l'herbe juste devant les tours où les adultes s'épuisent à gagner leur vie…

On reprend notre souffle. Avec sa douleur intercostale, Franck a l'impression que son cœur va exploser.

Au fond de mon cerveau hyper-oxygéné, je repère enfin les balises de détresse, ça clignote, si j'épouse Milouda, ma vie est foutue, je vais rejoindre les immeubles derrière moi, remplis de gens qui se marient pour rassurer leur père et qui passent leur vie à côté d'une femme avec qui ils ne partagent rien…

– … Non, je peux pas…

Aziz veut que je répète, et quand il comprend, il acquiesce. J'ai du mal à respirer et mes phrases sont hachées.

– … Faut que je parle à mon père… J'sais pas… Faut que je lui dise…

Comment je vais faire, vu qu'il n'y a pas de communication entre nous, c'est ça le problème… Autour de moi, les barons respirent bruyamment. Dans un souffle, Mounir dit que c'est la même chose pour lui…

Ma décision est prise ! Je vais parler à mon père, il m'écoutera et annulera ce mariage ridicule ! Je me redresse, gonflé à bloc. Je suis un jeune soldat prêt au combat ! Évidemment, l'étendard gigantesque avec toute ma bonne résolution dessus, se réduit au fur et à mesure que j'approche de la maison. Quand je suis devant la porte, il a la taille d'un essuie-main. Et lorsque je me couche, il est tout juste comme le mouchoir d'une petite vieille sous son oreiller.

À l'aube, il a disparu, et je n'ai pas fermé l'œil de la nuit.

J'ai encore changé d'avis. Je veux me convaincre que ce mariage est une bonne chose. Milouda est SUPER BELLE, je suis SUPER VERNI de l'épouser, on n'est pas obligé d'aimer les MÊMES CHOSES, on va s'apprivoiser l'un l'autre, tout ira bien, tout va bien se passer, tout va bien se passer…

Je répète cette phrase devant le miroir de la salle de bain, en fermant les yeux. Comme un leitmotiv. Je regarde mon visage blême et je me dis que je fais la plus GROSSE CONNERIE de ma vie. Mon col de chemise serre trop. Je vais devenir fou. Personne ne m'oblige à épouser Milouda, et pourtant c'est comme si j'avais un flingue pointé sur la tête.

De quoi j'ai peur ? Oui, mais comment je peux dire non ? « Ah ben tout compte fait, non, j'vais pas la prendre, j'l'ai essayée et il y a un problème au niveau de la direction ! » Merde, Milouda, c'est pas une bagnole ! Si je dis ça, ma vie est foutue sur plusieurs générations ! J'vais passer pour un rigolo !

Nouvel essai. « Non, j'vais pas l'épouser parce que, parce que... j'aime Malika ! » Et là, je m'enfuis en courant, Malika m'attend à la sortie, on se jette dans les bras l'un de l'autre, on saute dans une décapotable rouge garée devant la porte et on file vers Santa Barbara, il y a une musique super gaie, super entraînante, générique de fin, tout le monde est content dans la salle y compris mon père et Mounir... Ouaaaaaiiiisss ! Mais la vie n'est pas comme ça. Ça ne se passera jamais comme ça. Malika ne sera pas là. Elle est retournée en Afghanistan terminer son reportage. Et il n'y aura pas de décapotable rouge.

Je sors dans la rue, et le soleil m'éblouit et me brûle comme un vampire. Je vais être réduit en cendres parce que je suis incapable de dire la vérité... Même à mes potes, j'y arrive pas. Je les vois debout contre la BM, habillés en training baskets, et je baisse la tête. Ils s'attendaient à ce que je parle à mon père, que j'annule le mariage, mais j'ai pas osé. Mon père remarque la tenue vestimentaire des barons et les engueule.

– Votre ami se marie et t'as vu comment vous êtes habillés ?! En sportifs ?!

Il place le bouquet sur la BM qui sert de limousine pour le mariage. Derrière moi, les femmes suivent et chantent. L'appareil photo de mon père crépite, il me mitraille... Je me glisse dans la bagnole en fantôme sans oser affronter le regard de mes potes.

Mon père me fait ressortir, il veut d'autres photos ! Je ressors, il me demande de sourire ! C'est un supplice. Une nouvelle forme de torture. Un mariage autoforcé, genre à l'insu de mon plein gré !

Aziz est installé derrière le volant, Mounir occupe la place du mort. Franck se place à côté de moi, à l'arrière. Mon père interpelle Franck.

– Quand on arrive chez la mariée, tu dégages de la voiture ! C'est la place de la mariée !

Franck acquiesce, impressionné.

Silence de plomb dans la bagnole. Le malaise est tellement palpable que je pourrais le découper en tranches. Je regarde mes chaussures. Aziz ose enfin me poser la question, via le rétroviseur. Je lui montre mon père qui sourit et prend des photos.

– Comment tu veux lui dire ? T'as vu comme il est heureux ?

Mounir intervient.

– Donc tu te maries pour le bonheur de ton père ?

– Ouais…

– Donc, quand ton père va mourir, tu vas divorcer, c'est ça ?

– Arrête…

Mes yeux roulent comme des billes. Je ressemble à un écureuil flippé, incapable d'une réflexion qui dépasse un mot : Je. Je suis paralysé. Je fais le mort. Kader tape sur le capot de la BM, je sursaute ! Je fais semblant d'être heureux. Il nous demande de suivre le cortège et il répète la même phrase à Franck.

– Il m'aime vraiment pas ton père…

Personne ne répond à Franck. Personne ne répond JAMAIS à Franck. Le silence retombe parmi nous, les voitures démarrent une à une. Il n'y a pas d'issue. Je me dis, voilà, c'est parti, on roule, la machine infernale est en route. Je suis presque soulagé lorsque Mounir me sort de ma léthargie.

– Bon. Réponds juste à une question.

– Vas-y.

– Est-ce que t'as envie de te marier?
– Non.
– Alors, on se casse.
Mounir donne un brusque coup de volant et fait sortir la BM du cortège.
La voiture s'engage à fond dans une rue perpendiculaire. Je jette des regards paniqués à l'arrière.
– Qu'est-ce que vous faites?!
Mounir me demande de lui faire confiance! Mais je ne peux pas! Je hurle que je m'étais préparé à monter sur l'échafaud, à me passer la corde autour du cou, pas à me faire égorger par mon père! J'exige qu'ils me déposent au commissariat!
Les barons rigolent, la voiture file à toute allure vers l'autoroute et s'arrête près d'une bretelle d'engagement. Je suis toujours terrorisé, je comprends pas que ça les fasse marer! Tout sourire, Aziz me dit de me calmer! Je ne veux pas me calmer!! Mounir sort de la voiture. Je crie!

Aziz m'ordonne de me taire et d'écouter! Je parviens à maîtriser ma panique. Mounir met son téléphone sur haut-parleur. J'entends la voix de RG Il est avec toute la famille, chez la mariée, il parle à voix basse à Mounir. Il y a plein de monde autour de RG Il téléphone du salon de Milouda.
– Ça va, pour le moment ils pensent que vous êtes allés chercher les cadeaux de la mariée. Qu'est-ce que je fais? On continue?
J'ai la tête d'un enfant effrayé. Mounir me regarde et me sourit comme un grand frère.
– Ouais c'est bon, lance le truc.
– Tu es sûr, Mounir? Je joue ma réputation!
Mounir raccroche et m'explique leur plan.
Un truc de dingue.
Un truc de barons.

Dans le salon de Milouda, RG se faufile derrière le dos de l'imam qui fait rouler les billes d'un chapelet entre ses doigts. Avec son air de rien et sa voix ultradirectionnelle et quasi subliminale, RG lui susurre à l'oreille :

– Elle fume. Elle fuuuuuume.

Pour que les « uuuu » entrent bien dans son oreille. La voix de RG est tellement subliminale que l'imam ne sait même plus si c'est une voix humaine ou une pensée intérieure, une intuition fulgurante. Entre ses doigts, les billes ne roulent plus du tout. L'imam frappe dans les mains. La musique arrête de musiquer, les danseuses de danser, les youyous de youyouter et l'horloge d'horloger !

Tout le monde se tait.

La petite foule se scinde en deux comme la Mer Rouge, lui ouvrant un passage… qui mène directement à Milouda, effrayée.

– Ouvre la bouche !

De profil, l'imam approche son nez de la bouche de Milouda. Elle souffle. L'imam ne sent rien et enfonce son nez dans la bouche de Milouda, on dirait un dompteur face à un lion…

– Elle ne fume pas !

Milouda referme la bouche, rassurée. L'imam sourit. Comme un serpent, RG lui susurre une autre information à l'oreille. L'imam, hypnotisé, acquiesce lentement puis reprend son autorité.

– Le sac !

Tout le monde regarde maintenant le sac.

– Ouvre le saaaac !

Pour que les « aaaaa » entrent bien dans son oreille !

Milouda, fébrile, s'exécute. L'imam en extrait un paquet de cigarettes dont le cellophane enserre une grosse boulette de shit.

– AhAAAA… ! Saperlipopette !

Derrière lui, Kader s'est pris un trente tonnes de face et la mère de Milouda tourne de l'œil et tombe dans les pommes. Tout le monde est effaré.

Et moi, je suis sidéré par le culot de mes potes.

Mounir me passe mon père au téléphone. Il m'annonce que le mariage est annulé, inutile de venir, Milouda est toxicogirl ! Autour de moi, les barons se retiennent d'éclater de rire. Franck est tout excité, il jubile !

– Non, non, t'as raison papa ! Je sentais qu'il y avait quelque chose, mais de la drogue ! … De toute façon, c'est toi qui décides… Non, non, je suis pas triste, c'est toi qui décides… Je t'assure…

Je coupe le téléphone, un rire énorme éclate dans la voiture et je me sens libéré d'un poids, d'un coup ! Mounir claque la portière, la voiture fonce sur l'autoroute. J'avais un problème et les barons l'ont fait éclater comme une bulle de savon ! À la manière baron. J'ai du mal à réaliser, je suis en apesanteur.

Je devrais remercier toute l'équipe, comme aux Césars, mais ma première pensée va vers Milouda, je leur dis qu'ils ont un peu abusé avec le shit ! Mounir relativise en me précisant que s'ils avaient écouté Franck, ils auraient mis une seringue et s'ils l'avaient écouté lui, l'imam aurait retrouvé un magazine de cul SM.

– Et puis, sa mère ! Milouda t'avait pas dit qu'elle fumait ! Alors, nique sa mère !

Je me marre, mais j'ai du mal à retirer ma bague. Franck s'en occupe, il connaît un vieux truc de grand-mère. Il crache dans ses mains et me masse le majeur. La bague retirée, je secoue ma main pour chasser des mauvaises ondes.

– Les gars, je crois que je viens de perdre 3 kilos !

Tout le monde rit. Mounir klaxonne. Franck Tabla, la bague serrée dans son poing, me hurle dessus que je suis libre, putain ! Libre ! Je lui serre la tête entre mes mains.

– Ouais, Franck ! Je suis libre ! Libre !

Mounir, radieux, nous regarde à travers le rétro.

– On est des barons !

Barons ! Ça ne m'a jamais fait autant plaisir d'entendre ce nom ! On est les amis les plus forts du monde ! Rien ni personne ne peut nous vaincre ! Rien ne peut nous séparer ! Les 4 mousquetaires, c'est rien à côté de nous ! On crie tous à l'unisson :

– On est des barons !

Franck baisse la vitre automatique et le vent siffle à nos oreilles ! On crie encore plus fort. Il jette la bague par la fenêtre !

– ET VIVE LA LIBERTÉ !

Franck me sourit.

– ESPÈCE DE GROS CON ! C'ÉTAIT UNE BAGUE EN OR !

– Oui, mais la liberté, ça n'a pas de prix !

Mounir et Aziz rigolent, Franck s'excuse, mais de toute façon je ne suis pas fâché ! Il a raison, je suis libéré ! Mounir pousse à fond le volume du lecteur CD qui passe Raï na raï… L'hymne national des barons !

On va à la mer, mon mariage est annulé et c'est le plus beau jour de ma vie ! Sur la plage on se remplit les poumons, on renonce à louer des cuistaxs, trop cher. J'adore ce mot, cuistax. Je ferais bien de l'étymologie rien que pour trouver les racines de ce mot. Elles doivent être profondes et obscures. Ça vient d'où un nom pareil ? L'inventeur de ces machines voulait taxer les cuisses des femmes ? C'était un pervers ? Il s'appelait Cuistax, comme monsieur Poubelle et le comte de Sandwich ?

Ensuite on va au restaurant, pour fêter ça. C'est moi qui paie ! Avec mes chèques repas. Tout passe et peu importe l'ordre : plat, café, entrée, dessert, de toute façon ça va se mélanger dans l'estomac !

Quand on en ressort, on a l'impression que notre ventre va éclater.

On marche un peu, histoire de digérer, quand on aperçoit un gros qui ne parvient pas à faire démarrer sa Volvo décapotable et voudrait qu'on l'aide. Il nous fait un peu pitié le gros suant, et comme on est plutôt d'humeur joyeuse, on se retrouve à pousser la bagnole. La rue est légèrement en montée, la voiture prend de la vitesse, on pousse en courant et le moteur s'enclenche enfin.

Le gros nous remercie, la voiture s'éloigne.

Mounir a l'impression que sa glace va ressortir, on souffle quand on entend un homme derrière nous crier « Au voleur ! Au voleur ! On vient de voler ma voiture ! Attrapez-les ! »

L'homme court dans notre direction, rejoint par d'autres personnes.

Automatiquement on pige le quiproquo qui nous saute à la gueule et on se met à courir comme des dératés. Les compteurs de pas n'ont plus aucune importance, les chiffres défilent à toute allure, on ne sait même plus les lire ! Mes chaussures vernies claquent dans la rue ! Franck court à ma hauteur.

– Hassan ! Pourquoi on court ?! On a rien fait !

– Pose pas de questions ! Cours ! On se retrouve devant la BM ! De loin, j'entends Mounir dire : « Ça faisait longtemps, putain ! »

On se sépare, chacun prend une direction différente.

À l'aube, quand on entre dans Bruxelles, ils sont tous endormis et c'est moi qui conduis. Je les regarde et je me dis que tout le monde ressemble à un enfant quand il dort. Tout le monde est fragile. Et pourtant, ce sont des adultes, ils viennent de me sauver la vie. Je m'engage dans la rue Belliard, totalement déserte. Synchronisés, plusieurs feux rouges deviennent verts à mon passage, c'est un signe, tout est encore possible…

13

Tout est encore possible, mais tout reste à faire. Je suis toujours à la STIB et Malika ne sait pas que je l'aime. Il y a souvent une marge entre ce que je me dis et ce que j'fais. Cette marge, je crois qu'elle est toute petite alors je laisse traîner et le temps la remplit comme de l'eau, un peu plus chaque jour, et à un moment, c'est un océan qui sépare les deux. Je vois des gens qui prennent le bateau pour aller rejoindre l'autre côté et moi, je reste à quai parce que maintenant, j'ai peur de l'eau. Et le bateau s'éloigne, j'me dis que demain ce sera mon tour, et pourtant, je m'habitue à la défaite, je la mâche chaque matin avant d'aller bosser…

Les jours passent, toujours les mêmes.

Je regarde le visage triste des gens qui montent dans mon bus, et je me dis qu'eux aussi ils ont appris à mâcher leur défaite. Parfois, le soir à la télé, je vois le visage heureux de ceux qui ont réussi et ça me fait mal, je finis par détester cette envie de monter sur scène. Elle me ronge, comme un abcès ! Putain, qu'est-ce que j'aimerais vivre sans ! J'ai l'impression que je serais plus heureux ! Mais je ne parviens pas à m'en débarrasser ! Alors, je deviens taiseux et je me ferme. Je vais pas me plaindre : j'ai un boulot, un toit et je suis en bonne santé. Et puis, j'ai toujours détesté les artistes qui gémissent, qu'ils aillent travailler à l'usine, ils verront ! Bref, je deviens le genre de chauffeur de bus qui affiche sur sa gueule qu'on n'a pas intérêt à lui parler !

Quand je rentre du travail, je pose mon sac en cuir par terre, je me dis pour la millième fois qu'il faut VRAIMENT que je fasse quelque chose avec ce putain d'abcès… En même temps, je me trouve de bonnes excuses : j'peux pas retourner chez Jacques, il voudra jamais me reprendre après ce que je lui ai fait, et je crois que si j'étais à sa place, je ferais pareil. Je me passe de l'eau sur le visage, je soupire. Je m'assieds à table, je m'étire en basculant légèrement la chaise. La fatigue me tombe dessus, ma pensée bat en retraite, faut que je me fasse à l'idée, je dois rester réaliste, j'ai perdu mon humour, c'est tout. Je suis chauffeur de bus. Je somnole.

Petit Hassan me réveille.

– C'est ça le futur ?!

Surpris, je tombe de la chaise et je me redresse d'un bond.

– Qu'est-ce que tu fous là ?

Petit Hassan, horriblement déçu, pointe le frigo de la main.

– On a toujours le même frigo !? Putain...

Je lui demande comment il est venu et il me répond simplement qu'il a remonté le temps.

– Mais comment ?

– Ben avec une machine à remonter le temps. En-dessous de l'évier, le siphon. Comment tu fais, toi ?

Je comprends pas la question. Petit Hassan visite, allume les interrupteurs, visiblement déçu.

– Toujours les mêmes interrupteurs...

Il s'arrête devant une photo de Raja.

– C'est qui cette bombe ?

– Ta sœur !

Il s'excuse puis repère mes chaussures.

– Ah, t'as des Air-Max !

Petit Hassan défait les lacets de mes baskets et s'assied. Il se penche vers mes godasses et les observe attentivement. Je voudrais comprendre, mais il me fait signe de me taire. Rien ne se passe. Tout à coup, le regard toujours rivé sur mes pompes, il crie « Lacets ! », comme s'il donnait un ordre ! Toujours rien. J'lui demande ce qu'il fout.

– Ben j'attends. Les lacets vont pas se faire tout seuls ?!

– Ben non.

Petit Hassan se redresse hors de lui.

– Putain, Nike n'a pas sorti le modèle où les lacets se font tout seuls ?! Mais ça sert à quoi le futur ?!

Il s'assied à table, et du haut de ses 10 ans il me parle comme un Parrain, me pose des questions sur ce que je deviens, l'homme que je suis, comment je me débrouille dans la vie, comment se fait-il que je porte le même gilet que Papa, etc. Plus je lui parle, plus il est consterné. Il se couvre le visage avec les mains.

– Attends, attends : tu vis toujours chez Papa et Maman, t'as jamais été avec Malika et t'es chauffeur de bus comme Papa ?! L'avenir est pourri : aussi bien dans ma vie que dans l'électroménager !

– Mais pour toi c'est facile ! Moi, j'ai perdu mon humour ! Mon audace ! J'ai tout perdu !

– Hein ?! N'importe quoi ! Tu peux perdre ta Nintendo, ton journal de classe, ton bulletin, mais comment tu fais pour perdre l'humour ?... explique-moi.

Il fouille ses poches.

– Oh merde ! Putain, j'étais sûr que je l'avais amené avec moi !

– Quoi, quoi ?

– Mon humour !

Je souris jaune. Petit Hassan commence à me casser les couilles. En même temps, son assurance me fascine. Il repasse devant la photo de Raja.

– T'es sûr que c'est ma sœur ?

Je réponds même pas. Après un court instant, il décide de faire le point.

– T'as plus d'humour et t'as plus de courage ! Et moi j'ai que ça !

Il me prend par l'épaule.

– Mais t'inquiète pas Hassan ! Dans le négatif, il y a du positif.

Une lueur d'espoir se ravive en moi. Peut-être qu'il a la solution ?

– J'vais arrêter l'école !

Je proteste, j'lui dis que l'école c'est important pour le futur, et en même temps le futur c'est moi.

– Quoi ?! Mais ouvre les yeux : tu crois qu'il faut bac + 5 pour devenir chauffeur de bus !?

J'entends la voix de Mounir qui m'appelle et je vois Petit Hassan ouvrir la porte sous l'évier.

– N'ouvre pas le robinet pendant la demi-heure qui suit, s'te plaît, ça brouille le passage dans le temps ! Avant de s'engouffrer dans l'armoire il se retourne et me fait un clin d'œil.

Mounir entre dans la cuisine, j'suis dans le bouillon. Il a besoin des clefs de la BM, je les lui lance et le temps qu'il les rattrape, le bouillon s'éclaircit, je prends enfin ma décision et je lui demande de me jeter, en ville.

Dans la voiture, je ne dis rien à Mounir et je prends la précaution qu'il me dépose à quelques rues du cabaret, j'veux pas d'histoire. Mounir me questionne, mais je reste évasif.

Quand j'entre dans le cabaret, la première chose que je vois c'est un des deux strangers en collant noir. Ensuite, je distingue le dos de Jacques assis sur une chaise à quelques mètres de la scène. J'comprends pas tout de suite ce que fout la blonde qu'il auditionne. Elle dit rien, elle se déplie, ça prend des plombes, puis finit par relever les bras, s'immobilise et attend.

Jacques bâille, je sens bien qu'il se fait chier, mais je reconnais son tact, il rassure la fille, une fois que son numéro de «L'éclosion du crocus» sera ramassé sur deux minutes, ça sera super. La fille proteste, le crocus a besoin de temps pour faire surgir la poésie, sinon c'est ridicule. Jacques ne comprend pas, c'est justement ça qui est bien, le fait que ce soit ridicule... La fille me repère et me désigne d'un mouvement de tête. Jacques se retourne. Il me capte d'un battement de paupières puis se reconcentre sur la fille. Il m'expédie de dos.

– Ah, j't'avais oublié, toi ! Bon ok on reprend !

– Jacques, je peux te voir deux secondes ?!

– Ben, voilà, tu m'as vu.

Il demande à la fille de tout reprendre depuis le début, il le sent bien ce crocus qui se réveille, les idées vont sans doute jaillir, c'est le printemps !

– Non, mais j'insiste, faut que je te parle !

– J'ai pas le temps, je m'occupe d'artistes, de vrais, je t'ai donné ta chance ! Je suis pas un assistant social, moi.

J'vais pas lâcher. Je m'avance vers lui et je me place dans son champ de vision.

– JACQUES ! J'suis chauffeur de bus ! Si je ne monte pas sur scène maintenant, je vais passer 35 ans derrière un volant !

Aucune réaction de Jacques. Un froid polaire. Je me mets à genoux, ils craquent, mais tout le monde s'en fout. Je veux qu'il me redonne ma chance et je bougerai pas tant que je l'aurai pas ! Il faut qu'il comprenne ! Jacques me coupe en désignant la porte d'entrée.

– Il y a ton ami qui commence à s'impatienter.

Mounir est là, il me regarde effaré comme si je venais de lui brûler une priorité et qu'il avait failli me rentrer dedans.

– Qu'est-ce que tu fous à genoux ?! Relève-toi ! Qu'est-ce que tu fous ici, c'est plein de pédés dans ce milieu !

– J't'avais dit de pas m'attendre ! Qu'est-ce que tu fais ?!

Mounir ricane. Je me relève. Mes genoux recraquent.

– Quoi ? Qu'est-ce qu'il y a de drôle ?

– Non, c'est juste que j'avais raison ! C'est tous des pédés dans ce milieu ! C'est le milieu qui veut ça ! Et toi tu vas baisser ton froc devant ces tarlouzes ?!

C'est un cauchemar. Tout ce que je voulais éviter se passe ici, maintenant. Au pire moment.

– C'est bon ! C'est bon ! Commence pas !

– Tu comprends pas le vice ? Un arabe qu'on laisse monter sur scène, tu crois que c'est pourquoi ? Pour que tu parles de madame Pipi ? Ils en ont rien à foutre de madame Pipi, tout ce qu'ils veulent c'est que tu descendes ton père, ta mère, ta religion, qu'ils aient l'impression que tu les supplies pour t'aider à quitter cette culture de barbare ! Ils aiment bien te rabaisser ! Pour eux, tu fais partie des « 30 millions d'amis », n'oublie pas ça !

– Mais arrête ta parano ! Je raconte ce qui me touche ! Je parle de ce que je connais, de ce que je vis ! Tu veux quoi ? Que je vanne sur la politique irlandaise ?!

Je vois bien que Jacques est surpris par la tournure de la discussion. D'autres artistes sortent des coulisses et nous observent. Mounir ne lâche pas.

– Moi, parano ?! J'suis sûr que t'as dû faire un sketch sur ton père ou ta mère ou moi, ton pote qui chasse des droits ! Il est où le talent ?! Tu prends ce que tu vois, ce qu'on vit, tu changes deux trois virgules, hein ? Il est où le talent ?

Piqué au vif, je monte sur scène sans m'en rendre compte. Cette discussion, ça fait des années que j'aurais dû l'avoir. La scène se transforme en ring. Premier round. Ding !

– Le talent ?! Le talent, c'est de raconter ta putain de vie de glandeur et de la rendre intéressante sur scène ! Il est là le talent ! Mais puisque c'est si simple, vas-y, monte sur scène ! Tu crois quoi, qu'on monte sur scène sans bosser avant ?!

Mounir est surpris par mon agressivité, j'ai le dessus. Il s'approche de la scène, cherche le combat rapproché.

– Donc, moi je t'inspire ?! Quand on passe nos journées à discuter, à vanner, c'est pour m'analyser ?! C'est pour ça qu'on est potes, hein ?! Ça fait combien de temps que tu me vois comme un singe ?

J'encaisse, mais je me protège, ses coups ne touchent pas. Il me frappe au corps, j'attends l'ouverture.

– Hé, Hassan, moi je suis un baron, mais toi t'es qu'un clown ! Les gens rient pas avec toi, ils rient de toi !

La voilà, l'ouverture ! Je fonce et j'enchaîne.

– Ouais, j'suis un clown ! Mais moi au moins, je le sais ! Un clown qui te rend service quand t'as besoin de moi pour faire rigoler des filles ! Parce que t'as besoin qu'on te prenne par la main pour parler aux meufs ! Là, c'est bien, j'suis un clown intéressant !

Mes coups portent, font mal à Mounir, je le sens.
– Ferme ta gueule ! Ferme ta grande gueule !

Fin du premier round. Mounir se replie au fond de lui. Je le connais, je sais bien qu'il se retient de me massacrer. Mais il peut pas, parce que c'est moi qui ai choisi les armes : les mots. Le regard de Mounir est menaçant, mais plus rien ne me fait peur. Je prends le public à témoin, je commence le deuxième round bille en tête ! Ding ! Je le vois serrer les poings

– Ça, c'est Mounir ! Parce qu'il faut que je vous explique : quand il ne peut plus rien dire, il parle avec les poings, ça lui évite de faire des fautes de français, au pire ça fait des fautes de frappe !

Du coin de l'œil, je vois Jacques sourire. Mounir est déstabilisé, mais il est toujours debout. Je m'approche de lui. Je l'attaque au ventre.

– Je crois cerner le problème : trouve-toi une meuf, Mounir ! Et laisse-moi tranquille !

Mounir faiblit, un sourire amer se dessine sur son visage, il est perdu, il ne sait pas quoi répondre, alors j'en profite, je le cale dans un coin.

– Et puis on se voit trop ! 27 heures sur 24 ! Même nos rages de dents on les a ensemble !

Mounir tente de se dégager.

– Maintenant ça te fait chier ?! Quand j'achète les Air-Max et que tu flashes dessus, je te les passe ! Ça fait plus d'un an que tu les portes, ça, ça t'étouffe pas ?!

C'est presque trop facile. Je le repousse dans les cordes, j'enchaîne gauche droite.

– Ah voilà, quel talent, Mounir ! Mounir, il a le don d'alléger les conversations !! J'suis en train de parler de choix de vie et il me parle de Nike !! Tiens, mange-les tes Nike, j'ai pas envie de te ressembler !

Je retire mes godasses et les lui jette à la tête. Il les esquive. Fin du deuxième round.

Mounir ne veut pas s'avouer vaincu, pas devant ce monde-là ! Il voudrait que je quitte le ring, que je rentre avec lui et qu'on discute sans tous les autres, entre nous, juste entre nous. Je ne peux plus descendre. La scène est mon domaine, je ne veux plus la quitter. Et je suis prêt à tout pour ça.

– Quoi ?! Tu vas me dire que j'suis plus un baron ?! Oh, putain, non, s'il te plaît ! Attendez, il faut que je vous explique ce que c'est, un baron ! D'abord, il y a la philosophie des barons :...

Pour la première fois de ma vie, je vois Mounir jeter l'éponge, je vois dans son regard qu'il cherche à éviter l'humiliation.

– C'est bon Hassan, c'est bon, s'te plaît, t'as gagné !

Non c'est pas bon ! J'en ai marre et je veux en finir une fois pour toutes ! Tout le monde nous regarde. Là c'est sûr, je veux le KO !

– Donc, pour les barons, chaque homme arrive sur terre avec un crédit de pas, et quand ce crédit est épuisé, tu meurs ! Et les barons, ils savent ça dès le départ, ce qui fait qu'ils font rien de leur vie ! Ils bougent pas ! Un bon baron, c'est un bon chômeur ! C'est drôle, non ?!

Ça y est ! Mounir est à terre !

Il ne me regarde plus ! Il est sonné, il ne sait plus où il est ni qui je suis ! Il prononce sa phrase, la phrase qu'il dit quand il ne sait plus quoi dire...

– Ça, c't'un signe de la fin du monde !

– Non, Mounir, ça, c'est un signe de la fin de TON monde !

Les spectateurs sont mal à l'aise. La pensée que je suis allé trop loin me traverse l'esprit, mais c'est trop tard. J'aurais préféré que ce règlement de compte se passe ailleurs, mais je ne peux plus rien changer. On se regarde surpris comme deux étrangers. Mounir est paumé, il fait quelques pas à reculons, c'est un boxeur vaincu et, tout à coup, sa rage explose et il renverse une table d'un coup de pied. Il est seul au monde. Je pourrais le retenir, mais aucun mot ne me vient. Je les ai tous épuisés dans le combat. Mounir ne me regarde même plus ; il se sent épié par les autres.

– Quoi, qu'est-ce qu'il y a ?... Hein ? vous avez jamais vu un hétérosexuel ou quoi ?

Et il se casse. Je reste seul sur scène. Je dois dégager des ondes négatives parce que personne ne m'adresse la parole. Ça tombe bien, je ne supporterais pas ! Jacques redresse la table et retourne derrière son bar. Personne ne fait attention à moi, et en même temps, j'ai l'impression que j'occupe l'esprit de tout le monde.

Il faut que je sorte.

Je marche dans la rue d'un pas rapide et tendu. Quelque chose est rompu en moi, je crois que je viens de perdre encore 3 kilos. J'ai tellement besoin de marcher que j'ai l'impression que mes jambes ont faim, sans doute qu'elles m'en veulent d'autant d'années de baronnie. Chaque enjambée bouffe le trottoir. Et je me contrefous du compteur de pas ! J'essaie de réfléchir à ce qui vient de se passer, mais je suis encore sous tension. Je repasse la discussion dans ma tête, je me raisonne, ça devait arriver un jour ou l'autre, c'était inévitable, je sens qu'on a atteint un point de non-retour. On est tous les deux responsables, c'est pas que moi.

Je traverse toute la ville, je ne vois même pas les rues que j'emprunte. Non, je suis pas allé trop loin, fallait le KO ! Il y a des gens qui voudraient que rien ne bouge et je crois que Mounir en fait partie ! Il peut pas me traiter d'vendu, c'est exagéré, non ?! Je me convaincs peu à peu que j'ai eu raison, que j'ai bien fait.

C'est ma vie ! Je respire, je me sens dégagé et quand je m'arrête de marcher, je remarque que je suis dans le quartier de Malika, juste en face du fleuriste que j'avais déjà repéré, il y a longtemps, quand elle avait emménagé dans le coin.

C'est le destin ou mes jambes qui ont voulu m'amener là ? Il y a des moments dans la vie où vous accumulez les choses à faire et puis vous réglez tout d'un coup, en une seule après-midi. C'est maintenant. C'est mon jour, aujourd'hui. Je passe plusieurs fois devant le fleuriste, mais j'ose pas entrer.

Si je rentre, alors c'est confirmé, j'suis plus un baron.

Quand je me décide, je suis sidéré par le prix du bouquet ! Un arbre en pot, j'comprendrais, mais là, pour des fleurs qui vont pourrir au bout de deux semaines, ça fait cher le pétale !

Je ressors, et je me vois dans la vitrine avec ma tenue de chauffeur et cet énorme bouquet. Ça fait bizarre. De l'autre côté de la rue, j'aperçois trois mecs, genre barons, qui s'arrêtent de mâcher leur chewing-gum en me voyant, ils restent bouche ouverte. À leur place, je serais tout aussi surpris.

– Toi, continue à mâcher ton chewing-gum et ferme ta bouche !

Il me reste trois rues à traverser pour atteindre la maison de Malika et je suis Bouglione à moi tout seul : une voiture de flics ralentit en me dépassant, des gens sortent sur leur balcon, des livreurs s'arrêtent de livrer. Faut que je trouve un truc ! J'croise un garçon d'une dizaine d'années et je l'arrête.

– Dis-moi, t'as envie de gagner 20 euros ?
– Ouais !
– Alors c'est simple : tu me portes ce bouquet jusqu'à la rue Brichaut et là, je le récupère. Ça marche ?
– Ça va pas ?! J'viens à peine de naître et tu veux déjà griller ma réputation à vie ?!
Le gamin s'éloigne en me traitant de fou.
– 30 euros ? 50 ?
C'est un chemin de croix. Même les affiches d'abribus se foutent de ma gueule. Sur l'une d'elles, un vieux couple hilare me pointe du doigt, avec un slogan écrit dessus : « Tu t'es vu ? ». Devant la porte, j'inspire profondément avant de sonner. J'ai même pas pensé qu'elle pouvait être absente et je prie pour qu'elle soit là, parce que le coup du bouquet, j'pourrai pas le faire deux fois !
Personne ne répond.
Je ressonne, le bouton reste enfoncé, le bruit de sonnerie se prolonge. Merde ! J'essaie de le décoincer comme je peux en calant le bouquet entre mes cuisses. J'entends la voix de Malika qui s'énerve.
– C'est bon ! C'est bon ! J'arrive, j'ai compris ! Deux minutes ! Deux minutes !
Je stresse à mort, je donne un coup, la sonnette se casse ! Je la remets comme je peux, puis j'essaie de reprendre un peu d'assurance. Je vérifie mon haleine en soufflant dans la paume de ma main et… Oh, putain ! C'est moi qui sens comme ça ?! On dirait un égout ! De l'intérieur, j'entends Malika, elle arrive !
J'arrache une fleur et la fous en bouche ! Je la mâche bien, histoire d'en faire profiter mon palais et je l'avale ! J'en prends une deuxième et je récure la langue avec !… J'arrache d'autres fleurs que je frotte sous mes aisselles et sur mon torse !

Malika m'ouvre, je prends un air relax, sans remarquer qu'un salopard de pétale est resté collé sur mes incisives ! Je lui tends les rescapées…

– Oh, un bouquet… enfin, trois tulipes !

On entre. Je repère le salopard de pétale et je l'avale d'un coup de langue. Les canapés sont tellement blancs que j'ai l'impression que je suis hors sujet dans le décor. J'essaie d'être le plus détendu possible, je regarde autour de moi. Ça ressemble à rien de chez nous. Je repère un tableau, je cherche à meubler.

– C'est chouette, ce tableau !

– T'aimes bien l'art abstrait ?

– Ouais, j'aime tout ce qui est arabe (art abe).

Aucune réaction. Le bide…

– Tu disais ?

– Non, rien, pas grave.

Putain, Hassan, assure, mec ! Assure ! Malika revient avec un plateau. Elle s'assied tout près de moi. Je suis envahi par son parfum et j'sais plus quoi dire.

Elle me sourit avec cet air profond qui me tue ! C'est trop ! Je me lève brusquement, et je vais inspecter le tableau de plus près.

– Alors comme ça, c'est un arabe qui a peint ce tableau ?

– Oui, comment tu sais, tu le connais ?

Je me lance dans une impro foireuse.

– … Non, c'est que… Parce que tu me dis, c'est de l'art abstrait, mais c'est plutôt de l'art distrait. Si tu veux, l'arabe qui a peint ce tableau, il a commencé puis il a reçu un coup de fil et il s'est mis à faire n'importe quoi, et puis il a continué, c'était une longue discussion… Et ça a donné ce fameux tableau d'art distrait.

Nouveau bide. Putain, je rame !

Je vais me rasseoir de l'autre côté du canapé, tout à fait à l'opposé. Il y a un mur entre nous, plus solide que celui de Berlin ! Elle est étonnée.

– Hassan, qu'est-ce qu'il y a ?

– Non rien, super !

– Attends, Hassan, tu viens chez moi me déposer 3 fleurs ! On est que nous deux ! Il n'y a que toi et moi !

J'aurais pas dû venir ! J'vais trouver un truc pour m'éclipser, un cousin malade, une diarrhée, n'importe quoi… Malika interrompt mes pensées.

– Quand tu me vois, tu vois Mounir, c'est ça ?!

Je suis surpris, je ne m'attendais pas à ça !

– …Non, 'fin ouais…

– Il te faut la bénédiction de Mounir, c'est ça ?! On va régler le problème.

Elle disparaît dans la salle de bain. Je suis complètement perdu. J'entends Malika téléphoner ! Elle parle à Mounir ! Elle lui dit que j'lui ai amené des fleurs et de pas s'énerver ! J'panique ! Quand elle réapparaît, j'suis cloué ! Elle s'est maquillé une fausse barbe de quatre jours, une moustache et les sourcils joints, avec du crayon ! Elle porte une veste en cuir et imite la grosse voix de Mounir.

– Hassan ?! À l'aise. Dis-moi c'qu'y a avec ma sœur ?

Cette fille est dingue ! Toute la pression en moi disparaît ! J'voudrais lui répondre, mais elle me retient et fait semblant de péter et de roter !

– Voilà, maintenant on peut parler !

– C'est au sujet de ta sœur !

– Quoi ?! Tu veux l'heure ?

Elle me fait un show ! J'suis totalement subjugué ! C'est moi le spectateur ! Elle imite même la voix de l'horloge parlante de sa montre pour aveugle ! Puis elle reprend une grosse voix.

– Putain, le temps il passe pas ! Tu disais, ma sœur elle t'intéresse ?

– Oui.

– Ma sœur ?! Celle qui habite toute seule ? Ouais, quoi. Laisse tomber, Hassan, elle a besoin d'un mec dur, un mec qui la mate. T'es trop gentil pour elle ! Et en plus, c'est un signe de la fin du monde !

– Ouais ? Mais je l'aime.

Voilà, j'l'ai dit.

On est tous les deux surpris. Elle s'emmêle les pinceaux avec ses voix de femme et d'homme et me demande depuis combien de temps.

– Depuis l'école primaire.

« Ah bon ? » Malika me dévore des yeux et je soutiens son regard. Elle reprend sa grosse voix.

– Ah bon ?! Sérieux ?! Écoute-moi bien, ça tu vas plus jamais l'entendre de ma bouche : va chez elle, embrasse-la les yeux fermés, les yeux ouverts, 'fin, fais ce que tu veux, mais fais-le. OK ? Bon, je te laisse, ciao !

Elle me serre la main bien virilement puis se rassied et tape des pieds par terre, hyper contente, on dirait une gamine !

J'ai une brutale envie de la protéger, de l'aimer et qu'elle me protège. Elle relève la tête.

– Hassan ? Qu'est-ce que tu fais chez moi ?

Je m'approche d'elle et je ne perds pas de temps, je l'embrasse, et là c'est comme si tout mon corps était sur vibreur et que la terre entière m'appelait en même temps !

– Moi, c'est depuis la maternelle…

On s'embrasse encore, le temps disparaît et à chaque fois nos baisers soufflent en moi de la vie pure, un concentré de vie sous bonbonne !

Elle me caresse le visage, on se parle tout bas alors qu'il n'y a personne pour nous écouter, c'est ridicule, mais on s'en fout, elle me dit que je suis quelqu'un de formidable, je lui réponds qu'elle est unique, on rit, étonnés de notre complicité, elle surenchérit, soudain très sérieuse, m'affirme que je ne suis pas comme les autres, quelqu'un de rare, je doute, elle s'énerve… « Je t'assure, ça ne court pas les rues… Quelqu'un qui goûte la tulipe ! »

14

Le cœur léger (enfin pas que le cœur, tout léger en fait), je glisse jusqu'à la première station de métro, porté à quelques centimètres du sol par un petit nuage…

Le métro est désert, personne pour apprécier l'Hassan Nouveau qui se dresse face au monde ! Je m'en fous ! Je suis simplement bien, en paix avec moi-même et prêt à me battre avec la terre entière ! Je peux enfin me projeter dans l'avenir sans avoir peur de m'y noyer. J'aime Malika et elle m'aime, ça me rend plus fort ! Je gonfle le torse bardé de bonheur et d'amour, j'vous dis pas !! Sans frémir, j'dégomme des vieux fantômes et des zombies imaginaires qui surgissent du fond du tunnel… quand j'entends la voix de Mounir qui m'appelle !

Je tressaille.

Sa voix vient d'un autre monde, d'un monde déjà ancien pour moi… Mounir me demande ce que je fais là, avec une telle agressivité que je sens ses mots me traverser comme une décharge électrique.

Je lui renvoie automatiquement la question, il m'dit qu'il est allé voir sa sœur, j'prends des nouvelles, « elle va bien ? », c'qui le fait grimacer. Il me fusille du regard et me dit d'arrêter ça… Une sueur froide coule le long de mon dos, je comprends qu'il m'a suivi.

– Te suivre ?! Ouah, tu crois que j'ai que ça à faire de mes journées ?!

– C'est ça ton problème ! T'as que ça à foutre de tes journées : t'occuper des gens et te mêler de tout ! Occupe-toi de ta vie et laisse la mienne tranquille !

– Et ma sœur, ça me concerne pas ?! Tu vas la voir, tu me préviens pas ?! C'est MA sœur, tu passes par moi ! Tu crois qu'on est des Gaulois !?

– Et quoi, il faut une autorisation, un cachet ?! Je la respecte Malika !

Je comprends sans comprendre que Malika n'est qu'un prétexte pour tout le reste… Mounir veut me coincer, il cherche sa revanche pour le cabaret ! Par respect pour les barons ! Par loyauté ! Mounir est un chevalier ! Il veut laver l'humiliation ! Il est venu pourfendre le traître des barons !

– Mais les barons, ça n'existe pas, putain ! Rassure-moi, tu déconnes ?! T'es conscient que c'était une blague à la base ?!

En regardant le visage de Mounir, je suis pris de vertige. C'est un bloc de marbre aveugle. Buté.

– Oh, putain ! J'y crois pas, il prend tout ça au sérieux ! MAIS ÇA N'EXISTE PAS LES BARONS ! ÇA N'EXISTE PAS !

Il ne veut pas comprendre… Parce que s'il le fait, son royaume s'effondre et il reste seul parmi les ruines, abandonné…

J'ai soudain très peur.

– Écoute ! Lâche-moi ! Laisse-moi vivre !

Je le repousse avec mes deux bras, violemment, mais c'est ma peur que je veux chasser ! Il tombe à terre, je lui tourne le dos, je veux même pas voir ce que je viens de faire…

Je fais quelques pas et j'ai soudain le souffle coupé par un coup de poing au bas de ma colonne ! Je m'effondre. Mounir se jette sur moi et me concasse le crâne qui percute la pierre avec un bruit sinistre ! Il se relève, me fait pivoter comme un pantin, en me tirant par les cheveux. Il la tient, sa revanche, il va pas la lâcher ! Mounir me redresse et me balance contre un panneau lumineux ! Ses coups de poing me clouent au plexiglas qui se fend derrière moi ! Il ne veut pas que je tombe trop vite ! J'ai un goût de sang dans la bouche tandis qu'il me martèle de tous les côtés ! Un son strident vrille mon tympan… Je ne vois plus que d'un œil. Une petite voix à l'intérieur de moi lui dit : « Vas-y, frappe-moi, venge-toi, de toute façon j'm'en fous, j'suis heureux ! Fais tes fautes de frappe ! Prends la ceinture ! De toute manière, c'est fini et tu ne peux plus rien changer ! »

Mounir frappe et frappe encore, il voudrait casser cette voix ! Et plus il frappe, plus j'ai l'impression que c'est lui qui se casse, comme du verre ! C'est lui le mec fragile ! Moi, plus rien ne peut me détruire ! Il me brise le genou d'un coup de pied ; le tissu des ligaments et des cartilages se déchire ! Je hurle ! La douleur est si forte que mon cerveau libère l'endorphine de ses soutes et c'est bon… Je ne sens plus rien… Je me traîne à quatre pattes sur le quai. Je me demande ce que je cherche à quatre pattes. Ma fierté ? Je m'en fous. Je me fous de tout… Mon visage pisse du sang sur le sol.

À quelques mètres, Mounir prend son élan pour me donner le coup de grâce ! Son pied me frappe en pleine gueule. Ma tête part brutalement en arrière, entraînant tout mon corps, je bascule sur les rails ! Je suis en apesanteur, et pendant un quart de seconde, je plane, je vole… Une sale chute. J'atterris et je me brise net ! Je hurle, mais je n'entends plus ma voix. Mounir en a fini avec moi. Il s'en va, mais avant de partir, il signe d'un crachat tout le dégoût qu'il a pour moi…

Tout devient noir, je perds connaissance. Il récupère la ceinture par KO.

Quand je reprends conscience, c'est là qu'on se retrouve vous et moi. Ma jambe pliée en équerre, les indiens, le saxophone pourri, je pars en couilles, le visage à la Bogdannoff… On m'embarque vers l'hôpital avec ce foutu masque à oxygène où il n'y a pas que de l'oxygène, ma pensée se disloque.

Je suis resté plus de quatre semaines à l'hôpital avec la jambe suspendue à un crochet. Ils sont tous venus me voir, sauf Mounir. Malika a beaucoup pleuré avec ma mère. J'ai pas voulu leur dire ce qui s'était réellement passé, mais tout le monde a fini par deviner.

En sortant, étrangement, le premier truc que j'ai fait, c'est d'aller voir Lucien et son épicerie, l'ancien QG des barons. Les choses avaient bien changé. Le magasin s'appelait maintenant « Chez Lucien et Aziz ». Ça m'a fait du bien de les voir se prendre la tête autour des flyers qu'Aziz avait dessinés avec comme slogan : « Si vous trouvez moins cher, c'est que c'est des voleurs ! » Lucien voulait savoir pourquoi il tirait la tronche sur le carton et Aziz, tout naturellement, lui avait répondu qu'il était dessinateur et pas magicien, que son crayon s'inspirait en droite ligne de la réalité.

– J'en ai imprimé 10 000.

– Quoi ?! Regarde autour de toi : tu crois qu'on va prendre la voiture pour venir acheter chez nous ?!

– Tu sais, Lucien, tu devrais suivre un atelier pour

seniors : ça s'appelle « Découvrez l'ambition, il n'est jamais trop tard ! » Ou alors mieux : « Initiation à l'initiative ! »

Lucien a fait semblant de ne pas avoir entendu.

– Excuse-moi Aziz, on vient de me placer un appareil auditif très perfectionné qui filtre les conneries. Tu disais ?

Ça m'a fait marrer. Les choses changeaient, mais entre eux, ça ne bougeait pas. Aziz a proposé de me déposer, mais j'avais envie de marcher, même avec mes béquilles et la jambe dans le plâtre.

À l'arrêt du bus, je me suis dit qu'aujourd'hui, c'était le jour de pointage et que Mounir devait y être, seul. Aucun visage connu dans la file.

Mounir s'apprêtait à quitter le bureau de chômage dans sa BM quand Malika l'a bloqué avec sa voiture en travers de la route. Mounir est resté dans la BM, il ne voulait pas descendre. Et Malika l'a incendié.

– Que tu me parles plus depuis que je suis devenue présentatrice, ça, à la rigueur, je m'en fous ! Ça m'arrange même ! Ça me fait des vacances ! Mais que tu veuilles te mêler de ma vie, que t'ailles casser la gueule à Hassan ! Parce qu'il m'aime ! Ça, je dis STOP ! Et je vais te dire un autre truc : je l'aime aussi ! Que ça te plaise ou non !

Mounir n'a rien dit, ça ne servait à rien de répondre. Il avait l'habitude des mauvais rôles, il a attendu que ça passe.

– Pourquoi j'essaie de raisonner un mec qui vit d'accidents de voiture, qui profite de la maladresse des gens, un mec qui prend tous les jours son petit-déjeuner à 15 h ?!

Sans même relever le menton, il a appuyé sur le petit bouton de sa montre pour aveugle : « Au troisième top, il sera 13h 37 minutes 22 secondes… »

Un geste minuscule, un geste d'enfant grondé par sa grande sœur.

– Tu me fais pitié !

C'était le mot de trop pour Mounir. Il a fait remonter la vitre le séparant de sa sœur et Malika l'a claquée de ses deux mains : « Va te faire foutre ! ». Il a attendu que Malika disparaisse de son champ de vision pour frapper le volant avec son poing.

Je suis entré dans le cabaret et, en me voyant, Jacques m'a demandé si ça irait pour monter sur scène. Je lui ai souri. Dans les coulisses, je voyais d'autres comédiens régler les lumières pour leur spectacle. Une fille m'a dessiné un os cassé sur le plâtre et j'ai trouvé ça gentil. Je sentais autour de moi des regards bienveillants.

À l'autre bout de la ville, Mounir garait la BM dans l'espace nettoyage et introduisait quelques pièces de monnaie dans l'appareil. Sans doute que ça lui faisait du bien de nettoyer la voiture, ça lui vidait la tête…

Mais ça suffisait pas, alors il a aspiré le coffre et les fauteuils, vidé la boîte à gants, frotté le tableau de bord. Comme s'il partait pour un grand voyage.

Après, il a appelé Franck, parce qu'il ne voyait plus qui appeler d'autre.

Là aussi les choses changeaient. Aziz ne voulait plus lui parler.

Franck était à Mechelen, en Flandre. Mounir lui a fixé rendez-vous près de la gare et puis il l'a intronisé baron en lui expliquant tout, la philosophie, la manière de vivre. Il paraît qu'après ça, Franck osait plus bouger. Il se tenait sur une patte, une cigogne en plein milieu d'un carrefour. Ils ont dû appeler les flics pour le déloger.

Mounir était paumé. Il roulait dans un quartier qu'il ne connaissait pas. Un quartier résidentiel qu'il n'habiterait jamais, avec de jolies pelouses qu'il ne tondrait jamais, un quartier calme. Il a aperçu un cycliste et lui a demandé le chemin vers la gare. L'homme l'a regardé bien en face et lui a dit: « La gare ? Dans ton pays ! »

Mounir ne s'attendait pas à ça. Il s'est pas énervé et il a souri.

Et puis ça lui a donné l'idée de m'appeler, il avait enfin un bon prétexte pour renouer le contact.

En pleine répétition, j'ai vu mon portable vibrer et quand j'ai lu le nom de Mounir sur l'écran, je l'ai éteint…

L'accident est arrivé juste après.

Quand il a raccroché, après m'avoir laissé un message, Mounir s'est senti soulagé. C'était plus qu'un message qu'il laissait dans ma boîte, c'était son âme. Je suis certain qu'il se sentait beaucoup plus léger, tout à coup simplement heureux d'être là, de rouler… Il cherchait sa route, mais il y avait du soleil, tout n'était pas foutu, on allait se revoir, je mettrais le temps, mais on se pardonnerait certainement. Il venait de faire le premier pas. Pour LE baron, ça signifiait beaucoup. Il s'est arrêté pour laisser passer une vieille dame. Elle l'a remercié en souriant. Il a souri en retour. Son visage s'ouvrait. Il a repris la route. Et le camion l'a frappé de plein fouet. Sur sa droite. 10 tonnes de fatalité brute. Sa tête a fait éclater la vitre à sa gauche, la voiture s'est pliée autour de lui comme une boîte d'allumettes, le volant lui a perforé les côtes, le siège passager a tordu le changement de vitesse qui s'est enfoncé dans sa hanche, et Mounir a cessé de respirer… Sur la route, la gomme des pneus a noirci le macadam sur plus de 15 mètres.

C'est Franck qui m'a prévenu pour le camion. Des pompiers avaient dû scier la tôle pour faire sortir le corps.

J'étais dans la loge de maquillage quand il m'a appelé. La salle commençait à se remplir et j'étais stressé, j'avais envie de vomir. J'avais oublié mon portable et c'est Jacques qui me l'a rapporté. Je voulais pas décrocher, mais Jacques a insisté, c'était important. Il a fait sortir les autres artistes de la loge et je suis resté seul.

Franck pleurait comme un enfant, j'ai dû lui crier dessus pour qu'il se calme. Mais il n'y arrivait pas. Mounir était mort, il répétait sans cesse son prénom : Mounir, Mounir, Mounir…

J'ai raccroché.

Jacques est entré et m'a dit que quelle que soit ma décision, il était avec moi. C'était à moi de décider si je voulais monter ou pas… Puis il est ressorti.

Je me suis lentement démaquillé. Mes blessures, mes ecchymoses sont réapparues. J'étais dévasté. Ce camion venait de tout démolir en moi. Mes pensées partaient dans tous les sens, aucune n'arrivait au bout… Elles finissaient toutes par s'écraser contre le 10 tonnes. Mounir était mort, mais il était encore vivant en moi. Alors je me suis dit : « tu vas monter sur scène, et tu vas le faire revivre à travers tes mots. » C'était peut-être con, mais c'était sincère.

Jusqu'au dernier moment, j'ai hésité.

Je ne savais pas si j'allais avoir la force de le faire. Jacques a annoncé mon numéro et j'ai encore pris un moment avant d'entrer dans la lumière. En me voyant apparaître avec ma gueule cabossée, mes béquilles et le plâtre, le public a cru que c'était un début de sketch et a éclaté de rire. C'est étrange comme le rire est proche des larmes.

… J'vais vous raconter l'histoire de Mounir, le vrai baron…

Puis là, plus rien. Le vide absolu, tout blanc. Nouveaux rires dans la salle. Des larmes ont coulé le long de mes joues et les premiers mots sont réapparus..

Mounir... LE VRAI BARON. Le mec, il avait quand même attendu l'âge de 8 ans pour faire ses premiers pas... À dix ans, il a inspiré des inventeurs de génie.

La livraison de pizzas...

Je me suis retourné. Mounir était parmi le public. Il ne me jugeait plus, il m'écoutait, curieux. À un moment, il a même ri quand j'ai dit que la touche Bis du téléphone était une touche inventée par Mounir. Les gens ont ri aussi.

J'ai mis quelques jours avant d'écouter le message qu'il m'avait laissé et je l'ai toujours dans mon téléphone portable. Je parviens pas à effacer son numéro. Ozgür est venu nous chercher avec sa dépaneuse. Aziz a fermé le magasin, il est monté à l'avant à côté de moi et de Franck. On est allés porter la carcasse de la BM à la ferraille. C'était notre manière, avec Aziz et Franck, de dire adieu à Mounir. Une manière de barons. Le bras de la grue a enserré ses griffes dans la BM, faisant péter les dernières vitres et pliant la tôle. Ça m'a fait mal au cœur, j'avais l'impression qu'il était encore dedans. La voiture s'est élevée dans les airs, elle se balançait au-dessus des montagnes de carcasses entassées les unes sur les autres, inutiles. J'ai entendu la voix de Mounir résonner dans ma tête.

« Allo ! Hassan, c'est Mounir ! Je voulais te dire un truc : c'est l'histoire d'un mec, paumé, dans une ville flamande, il tourne, il tourne en rond, à un moment le mec il se perd et demande à un passant "elle est où la gare ?" et le passant lui répond : "Dans ton pays !" Elle est pas mal, hein ?! Bon… Je voulais m'excuser Hassan. Excuse-moi, Hassan. Excuse-moi. »

Franck a récupéré le sigle de la BM avec un tournevis, pour en faire un collier. Une façon pour lui de perpétuer les barons. Désormais, il passe ses journées sur les cageots et Aziz le tolère. Il a même fait imprimer un T-shirt avec écrit dessus « Je suis 1 baron ». Il fait vivre la légende en racontant des histoires de baron aux gamins du quartier, qui se foutent de sa gueule. Milouda a mis le grappin dessus. Franck s'est autoproclamé chef des barons ! Chef de qui ? Je sais pas. Vous imaginez ?! Et ça, comme l'aurait dit mon meilleur ami Mounir : « Franck Tabla chef des barons ? Ça, c't'un signe de la fin du monde ! »

Mounir se présente aux portes du paradis qui ressemble à une grande salle de pointage, toute blanche. Il est enfin en phase avec le reste du monde, parce que là-bas, tout le monde est baron. Il salue l'un des deux gardiens barbus derrière le guichet.

– Salam aleikoum

Le gardien lui répond très sérieusement :

– Goeiedag ![10]

10. Bonjour, en néerlandais.

D'un coup, il rigole et ajoute :

– Aah, j'déconne !

Un peu surpris, Mounir s'approche, le gardien lui demande comment il est mort.

– J'me suis ramassé une priorité de droite !

– Ah ! Il faudra faire attention la prochaine fois...

Le guichetier rit lui-même de sa feinte et tamponne la carte de pointage.

Cette scène me fait sourire. Je relève la tête de mon calepin, je suis envahi par une vague de tristesse, mais je crois que je tiens là le début d'un nouveau sketch. Mounir, je n'ai pas fini de parler de toi.